운 없는 사람들의
특기는 망설임이다

운 없는 사람들의
특기는 망설임이다

손종형 지음

좋은땅

노력은 항상 그 대가를 지불한다.

살아가면서 우리는 여러 가지 선택의 문제를 맞이한다.

어떠한 선택을 하느냐에 따라 인생 자체가 좋은 방향
또는 나쁜 방향으로 바뀔 수 있다.

필자 역시 지금껏 사회 생활을 하면서 맞이한 순간의
선택을 통해 삶이 순탄할 때고 있었고, 굴곡지고 견뎌내
기 힘든 시간을 보낸 적이 있었다.

삶의 여러 과정을 거치면서, 그 당시에는 "내가 왜? 그
때는 이런 선택을 하여 이렇게 굴곡진 삶을 살고 있을

까?"라며 한탄한 적도 있었다.

인생을 살아가다 보면 누구든지 길을 잘못 들어설 수 있다. 그러나 그 길을 되돌리기에는 많은 노력이 필요하다.

지금 와서 생각해 보니, 필자의 젊은 시절은 굴곡진 인생이었다. 그 굴곡진 인생의 시작과 원인은 행동하지 않고 쉽게 포기하는 것을 좋아한, 나 자신에게 있었다.

필자는 게으름과 자기 합리화라는 아주 손쉬운 선택지를 택하였으나 세상에 바라는 것이 많았으며, 사회적으로 성공하고 싶어 했다. 그리고 힘써 노력도 하지 않으면서, 하는 일마다 성공하여 장밋빛 인생을 걸어가기를 꿈꾸었다. 그러나, 이러한 희망과 기대와는 달리 나에게 돌아오는 현실은 언제나 상대적인 박탈감이었으며, 사회와 타인으로부터의 차가운 시선이었다.

안타깝지만, 그 당시에는 문제의 원인이 나 지신에게 있음을 몰랐다. 다만, 사회 제도와 규칙이 잘못되었다고 불평만 늘어 놓고 있었다. 그러나 나 자신을 바꾸려는 일체의 노력을 시도조차 하지 않았다.

그러던 어느 날 변화의 바람은 서서히 불어오기 시작했다. 그리고 지금처럼 남을 부러워하는 삶을 살지 말고 내가 사회적으로 호감 받는 사람이 되기로 마음먹었다.

이 결심이 있은 후에는 나는 조금씩 목표를 세우고 행동하며 서서히 변화하기 시작했다.

지금 와서 돌이켜 보면, 나에게 변화를 시작하게 해 준 동기는 남과 다른 현실에 대한 나의 열등감과 변화하고 싶다는 간절함이었다.

필자가 부러워하는 사람들에 대한 스스로의 열등감과 꼭 변화하고 싶다는 간절함이 필자에게 긍정적인 변화를 가져다주었다.

이 글을 읽는 사람들에게 꼭 전하고 싶은 말이 있다. 자신을 변화시키려면 계속해서 남과 비교하며 자기 자신의 현재를 파악해 보라고, 그리고 취약점을 보완해 나가는 그 과정 속에서 자신의 의지와 노력을 더욱 굳건히 하라고.

현재 필자는 의약품품질 시험검사기관의 운영 책임자로서 일하고 있다.

소위 남들이 부러워할 만한 성공한 사업가가 아니며, 사회에서 존경받을 업적을 이루어 낸 사람도 아니다. 다만, 계속해서 자기 자신의 발전을 위해 노력하는 한 사람이다.

수많은 시행착오를 경험하며 단계적으로 완성된 사람이 되기 위해 끊임없이 노력을 계속하고 있는 사람 중 하나이다.

따라서, 원하는 삶을 살아가기 위한 노력을 지금도 계속해 나가고 있다.

필자는 인생을 허비하지 않고 자신이 원하는 곳에 도달하려면 노력만이 최선의 해답이며, 요행의 길은 절대 존재하지 않는다는 것을 말해 주고 싶다.

필자는 지금까지의 필자의 삶을 토대로 많은 분들의 삶 속에 자기 발전의 동기부여를 드리고 싶어 이 책을 쓰게 되었다.

미약하나마 이 글이 자기 발전을 위해 노력하는 분들에게 힘을 주고, 요행을 바라는 분들이 하루라도 빨리 자신의 방향성을 찾도록 미약하나마 도움이 되었으면 한다.

목차

3. 게으른 사람은 아무것도 변화시키지 못한다

4. 매일 한걸음씩 성장하자

1

누구나
변화 가능하다

"성공한 사람은 최상의 컨디션이 될 때까지 기다리지 않는다.
아무런 행동도 하지 않고 가만히 앉아 최상의 상태를 기다리는
행위는 겁쟁이들이나 하는 행동일 뿐이다.
이미 성공한 사람들은 생각과 행동을 따로 하지 않고 생각을
하는 동시에 움직인다.
움직이며 나에게 유리한 최상의 조건을 만들어 간다. 최상의
컨디션은 스스로가 만들어 가는 것이다."
[센다 타쿠야]

1) 변화하기 위해서는 동기가 필요하다

변화의 계기는 매우 일상적인 상황에서 발생한다. 나의 변화를 이끌어 낸 작은 사건의 발단 역시 매우 일상적인 생활 속에서 느닷없이 다가왔다.

그 계기는 아주 단순하게도 타인과 나를 비교하는 상황에서 발생하였다.

중, 고등학교 시절의 나는 아주 평범한 사람이었다. 평범하기보다는 사고만 안치고 지내는 매우 불안정한 청소년 중 하나였다.

주어진 규칙에 벗어나 작은 일탈을 저지르며 기뻐하고 지냈으며, 그 당시에는 장차 어떤 사람이 되겠다는 작은 꿈조차 없었다. 그저 하루하루를 무의미하게 살아가는 한심스러운 사람이었다.

꿈이 없으니 목표도 없었으며, 목표가 없으니 목적의식 또한 가질 수 없었다. 그냥 심심한 오늘은 뭘 하면서 놀지를 고민하는 불한당 같은 삶을 살고 있었다.

모든 것이 평범한 탓에 성적은 항상 중위권에 머물렀으며, 무엇 하나 나의 강점을 내세울 게 하나도 없었다.

이렇게 청소년기를 의미 없이 보내고 있던 중, 고등학교 2학년 겨울 방학 때는 큰 교통 사고를 당해서 혼수상태로 15일 정도를 중환자실에 있었고 내상이 심한 편이라 고3시절에는 병원 입원과 퇴원을 자주 반복하였다. 그 당시에는 졸업이나 시기에 맞춰 할 수 있을까를 걱정하였으나, 수업일수를 겨우 채워 고등학교를 무사히 마칠 수 있었다.

그래도 운이 좋았는지, 공부를 그렇게 안 했는데도 고졸로 학업을 마치지 않고 서울에 있는 전문대학은 다니게 되었다.

대학 생활을 처음 시작하였을 때는 나름대로 열심히 공부해 좋은 직장에 취직하고, 조금은 보람된 삶을 살자고 결심하였으나, 절대적 게으름으로 무장된 나는, 역시 기대를 저버리지 않고 얼마 지나지 않아 책을 덮고 매일 술 마시고 노래하는 베짱이의 생활을 영위하며 허송세월을 보내고 있었다.

나의 삶에 변화가 찾아온 그날에도 수업을 마치고 과 동기들과 함께 언제나 그랬듯이 유흥생활을 반복하였고, 늦은 밤이 되어서야 집으로 돌아가고 있었다.

그날 역시 매일 똑같은 하루의 일상이었으나, 무슨 일인지 갑자기 이전과는 다르게 내 자신이 너무 한심하다는 생각이 들었다. 매일같이 반복되는 의미 없는 생활이 서서히 지겹다는 생각이 들었고, "이렇게 하루하루를 살면 졸업 후 나는 어떤 인생을 살게 될까?"라는 미래에 대한 걱정과 불안감이 몰려오기 시작하였다.

"내 친구들은 다들 남들이 알아주는 좋은 대학에 다니며 많은 사람들의 관심과 부러움을 받으며 사는데 나는 이게 뭐지?" "왜 이렇게 살까?" "어디서부터 잘못된 걸까?"라는 후회와 함께 현상황의 문제 본질에 대한의문이 들기 시작하였다.

그리고, 동시에 친구들과는 다른 나 자신에 대한 열등감이 쓰나미처럼 강하게 밀려왔다.

그날 잠자리에 들면서 끊임없이 생각하였다. "어떻게 하면 나도 저들처럼 관심과 호감을 받는 사람이 될 수 있을까?", "어디서부터 변해야 저들과 동등해질까?"라는 질문 속에서 나의 지나간 과거를 회상해 보았다. 그 결과 나는 이제껏 그냥 막 살았구나 라는 부끄러움이 온몸을 감싸안았다.

"그래 이제 나도 변화하겠어", 그리고 "그들과 똑같아지겠어"라는 결심이 마음속에서 자리 잡게 되었다.

이러한 열등감을 통한 사소한 계기로 인해, 나는 조금씩 나를 바꾸는 노력을 하였으며, 그 결과 서울에 소재한 4년제 대학으로 편입을 할 수 있었다. 그리고 대학을 졸업한 후에는 계속적인 발전을 위해 대학원에 진학하여

석사 학위를 마칠 수 있었다.

석사학위 취득 후에는 운이 좋게도 한국과학기술연구원(KIST)과 국립보건원(KNIH)에서 근무할 수 있었고, 일본 유학 후에 제일약품, 안국약품, 코스맥스 바이오 등 다수의 중견 기업에서 일하면서 다양한 업무를 수행하게 되었다.

어떤 사람에게는 필자의 히스토리(history)가 아무런 감응도 일으키지 못하는 이야기일 수도 있다. 그러나 필자는 여러 경험을 통해 문제를 해결하는 지혜를 배웠으며 꿈을 향해 나아가는 방법을 배웠다.

변화를 원한다면 하루 빨리 자신의 마음을 움직일 수 있는 동기를 찾기 바란다. 그것이 변화를 위한 엄청난 에너지를 공급해 줄 것이다.

동기를 찾고, 간절함을 가지고 모든 일에 임한다면 분명히 좋은 결과를 낼 수 있을 것이다.

책을 통해 영웅의 서사시를 읽거나, 감동적인 성장 드라마 또는 영화 등을 보고 심적 격정에 사로잡혀 일으킨

즉흥적 동기라 해도, 변하고 싶다는 동기를 갖게 되었다면 무조건 시작해 보자. 시작을 하였다면 어떻게 변화할지 목적이 생길 것이요, 자연스럽게 목표와 계획을 세우게 된다.

변화의 시작은 또한 그것을 시작하는 데 있다는 것을 잊어서는 안될 것이다.

2) 자신을 객관적으로 바라보고 행동을 시작하라

손자병법에 이르기를 "지피지기면 백전불태(知彼知己, 百戰不殆)"라는 말이 있다. 그리고 "너 자신을 알라"라는 소크라테스의 일화가 있듯이 성공적인 변화를 원한다면 자기 자신이 어떤 사람인지를 파악해 보는 것이 중요하다.

자기 자신을 파악하고 스스로를 재단한다는 것은 매우 힘든 일이지만, 무엇이든 문제의 원인을 찾지 못하면 좋은 해결책을 찾을 수 없다.

객관적 판단에 의해 자신의 대한 정체성을 확고히 해야 어떠한 시련에도 굳건히 버틸 수 있기 때문이다.

필자 역시 변화를 두려워하던 시기에는 그 당시의 현

재를 개선시키기 위해서내가 어떤 부류의 사람인지를 알고 싶었다.

따라서, 여러 각도로 나를 들여다보려고 노력하였으나 항상 결론은 자기 합리화로 마무리되었으며, 나는 내가 어떤 사람인지를 도통 파악하기 어려웠다.

그래서 부모님과 친구의 도움이 필요하다고 생각해, 부모님과 친구들에게 나라는 인간을 분석해 줄 것을 요청하였다. 그 결과 나의 문제는 어떤 일을 해 나가는데 집착과 끈기가 매우 부족하다는 것을 알 수 있었다.

문제를 알았으니 이것을 해결하려는 방법을 찾아야 했으나, 그때에도 게으른 본성이 많이 남아있어 스스로 그 문제를 해결하기 위한 방법을 찾기보다는 "이것을 어떻게 해결해야 해? 나에게 해결책을 제시해 줄 사람이 어디 없을까?"라며 한심스럽게 타인의 도움을 바라고 있었다.

이렇듯 문제 해결의 주체가 나 자신이라는 것을 망각한 채, 문제가 스스로 해결되기를 바라고 있는, 능동적이지 못한 나 자신이 가장 큰 문제였다.

남들이 이야기해 준 해결책은 의뢰로 매우 간단하였다. "목표를 세우고 그냥 열심히 해"라는 답변이었다.

　그 답변을 처음 들었을 때는 "그건 아무나 할 수 있는 말이잖아"라고 그 말을 무시했으며, 그렇게 말한 당사자들을 성의가 없다고 속으로 원망하였다. 그리고 "뭔가 명확한 해결 비법이 있을 거야"라고 헛된 생각을 좇아 시간을 허비하였다. 허비하는 시간이 길어질수록 조바심은 커졌고 '이대로 포기해 버릴까'라는 생각은 점차 커지고 있었다.

　그러나, 그 당시에는 선택의 여지가 없었으므로 우선은 무조건 현실적인 목표를 세워 계획대로 움직여 보기로 하였다.

　그 첫번째 목표는 4년제편입이었다. 편입을 위해 당시에는 편입으로 유명한 김영 편입학원을 다니고 싶었으나 가정형편이 좋지 않아 학원 수강은 꿈도 꿀 수 없었다. 그러나 운 좋게도 같이 편입을 준비하던 대학 동기가 그 학원을 다니고 있어, 그 친구를 통해 학원 교재와 교육자

료를 손에 넣을 수 있었다. 그리고 이것을 바이블(Bible) 삼아 공부를 시작하였다.

안 하던 공부를 처음 시작했을 때는 1시간 이상을 책상에 앉아 있기 어려웠다. 공부를 시작하고 10분이 지나면 집중력은 급격히 떨어졌으며 앉아 있는 시간의 상당수는 쓸데없는 잡생각으로 시간을 허비하기 일쑤였다.

그러나. 나 자신을 한번 극복해 보자는 일념하에 책상에서 오래 버티기 위해 노력하였다.

이렇게 계속 버티다 보니 어느 순간부터 화장실 가는 시간을 빼고 3시간 이상을 계속 책상에 앉아 있을 수 있게 되었으며, 집중력도 나날이 향상되어 갔다. 그 결과 그 당시의 목표였던 4년제 대학으로의 편입을 달성하게 되었다.

이때부터 나는 목표를 정해 달성해 나가는 것이 매우 재미있는 일이라는 것을 느끼게 되었다. 그리고 꾸준한 목표를 설정하고 노력한 덕분에 대학원 진학과 학위취득이라는 목표도 모두 달성할 수 있었다.

그리고, 단계적 목표 달성 과정 중에서 서서히 나에 대한 정체성을 찾을 수 있었으며 수많은 시련을 극복할 수 있었다.

인간은 누구나 불완전하다. 불완전하기에 개선하려는 의지가 있다면 한번은 꼭 자신의 단점을 파악해 볼 필요가 있다. 그러면 남에 대한 겸손한 마음과 목표 달성 과정 중 생기는 매너리즘을 극복하는 데 큰 도움이 될 것이다.

3) 긍정적 사고를 갖자

자신과 자신을 둘러싼 환경을 바꾸려면 무엇보다도 생각의 길을 바꾸는 것이 중요하다. 행복과 성공을 얻기 위해서는 부정적인 생각을 버리고, 소극적인 나를 긍정적이고 역동적인 나로 바꾼다면 가능하다.

긍정적이고 적극적 사고를 갖게 된다면 그는 반드시 인생의 승리자가 될 것이다.

우리가 무엇인가 하려고 할 때, 가장 먼저 마음에 걸리는 문제는 "남들이 나를 뭐라고 할 것인가?"라고 그 평판을 두려워하는 데 있다.

우리 주변에는 남의 일에 간섭하려는 사람들이 많다.

이러한 사람들의 공통된 특징은 자신이 가장 뛰어난 사람이고, 남들은 그저 멍청이라고 생각한다.

그리고 주변 사람들에게 불특정 다수를 비웃는 걸 즐긴다는 것이다.

현재 필자가 근무하는 연구소의 옛 직원 중에 남들을 헐뜯기 좋아하는 여직원 두 명이 있었다.

두 직원 모두 업계 경력이 많아 중간 관리자였으나 직위와 직급에 걸맞은 책임감과 인성은 가지고 있지 않았다.

그들의 공통된 특징은 회사의 모든 것이 불만이었고, 자신이 업계 최고의 실력을 가졌다고 착각하고 있으며, 남의 업무에 사사건건 끼어들기를 좋아한다는 것이었다.

필자의 경험에 의하면 이런 부류의 사람들은 항상 크고 작은 이슈(Issue)를 만들어 회사와 조직에 악영향을 끼친다는 것이 문제였다.

이들 역시 필자의 기대를 저버리지 않고, 여러 가지 문제를 양산하였다. 그리고 자신들의 업무에 대해서는 이런 핑계 저런 핑계를 대며 소홀히 하였고, 주어진 결과에 대해서도 책임지려는 모습을 보이지 않았다.

그 결과 이 둘은 그들이 쌓은 업보에 의해 회사에서 자연스럽게 정리되었다. 그러나 그들이 근무하는 동안 회사에 끼친 악영향은 생각보다 상당히 컸으며, 조직을 정상화하는 데 불필요한 많은 에너지가 소모되었다.

안타까운 현실이지만 우리 주변에는 항상 이런 부류의 사람들이 많이 존재한다.

우리는 이러한 부류의 사람들을 철저히 무시해야 한다. 그들을 철저히 무시를 해야만, 무엇이든 시작을 할 수 있는 용기를 가질 수 있다.

남의 그릇된 평판을 두려워한다는 것은 그저 남의 기준에 끌려 들어가는 행동일 뿐 나에게 아무런 도움이 되지 못한다.

"할 수 있을까? 안되겠지"라는 부정적 말보다는 "어떻게 하면 될까? 어떤 노력을 하면 달성 가능할까? 할 수 있어"라는 긍정적 메시지를 항상 되풀이하고 마음에 각인시켜야 한다.

그래야 목표 달성이라는 고난의 행군 안에서 자신의 방향성을 지킬 수 있다.

심리치료사인 박상미 박사는 긍정적 사고를 키우는 가장 손쉬운 방법으로 언어 치유를 통한 방법을 예로 들 수 있다고 하였다.

말로 자기의 현실을 비관하지 않고 긍정적인 말을 하는 습관을 들이면 뇌는 긍정적 말에 반응하여 현재 자신이 기쁘다고 생각한다고 한다. 그리고 뇌는 연쇄적인 반응을 일으켜 긍정적인 사고와 행동을 이끌어 낼 수 있다고 하였다.

항상 마음속에서 외쳐라. "나는 할 수 있고, 언제나 준비된 자"라고. 그러면 우리의 마인드는 강철처럼 강해질 것이며 현실도 서서히 긍정적으로 개척해 나갈 수 있을 것이다.

4) 부정적 사고도 용도에 따라 긍정이 된다

　가발공장 직공에서 미육군 소령, 현재는 하버드대 박사를 획득한 서진규 박사는 '나는 희망의 증거가 되고 싶다'라는 저서에서 자신이 이만큼 성공하기까지 나에게 가장 큰 힘이 되어 준 것은 반항심과 복수심이었다고 하였다.

　"반항심과 복수심", 이 두 단어는 단어자체가 가지고 있는 의미 자체부터 매우 부정적이며 듣는 사람의 경계를 유발하는 파괴적인 단어이다. 그러나 이 단어들조차도 경우에 따라서는 희망이라는 긍정적 결과를 만들어 낼 수 있다는 것을 보여 주는 하나의 예라고 할 수 있다.

필자 역시 처음 자기를 변화시키자는 마음을 갖게 된 동기가 남에 대한 부러움과 질투에서 시작되었다. 시작은 불손하였으나 그 결과 목표를 하나하나 달성해 나가면서 이전보다는 변화하고 발전된 모습의 나를 만날 수 있었다.

성공한 사람들은 실패라는 부정적인 단어를 사용하지 않는다. 실패는 성공에 따르는 통과적 의례 또는 과정이라는 표현을 많이 사용한다.

셀트리온의 서정주 회장은 강연에서 자신이 거쳐온 고난의 시절을 이야기하며 자신은 실패라는 말은 존재하지 않는 것이라 여기며 아직 결과(성공)를 만들어 내지 못한 과정의 상황이라고 하였다.

그리고 실패는 죽어서 관에 들어가 일을 하지 못하게 될 때 비로소 사용할 수 있는 말이라고 이야기하였다.

이와 같이 부정적 단어도 그 사람이 이것을 어떻게 받아들이냐에 따라 그 의미는 확연하게 바뀌게 된다.

따라서 우리는 부정적인 단어도 긍정의 힘으로 소화시

킬 수 있는 마인드를 가져야 할 것이다.

원효대사의 해골 물 에피소드와 같이 일체유심조(一切
唯心造)의 마음을 가지고 생활한다면 분명 좋은 결과를
만들어 낼 수 있을 것이다.

"나는 이제 늦었어, 나는 이것을 시작하기에는 돈이 없
어, 나는 이것을 전문적으로 배운 적이 없어", 이러한 마
인드보다는 "나는 아직 늦지 않았어, 하다 보면 돈은 따
라오게 되어 있어, 실행하면서 배워도 전문가가 될 수 있
어"라고 말하고 절실하게 구하라. 그러면 반드시 성공의
기쁨을 맛볼 수 있을 것이다.

5) 모든 일에 감사하는 마음을 갖자

일본 마쓰시타 전기의 창업자, 마쓰시타 고노스케는 신입사원 면접 때 "당신의 인생은 지금까지 운이 좋았다고 생각합니까?"라는 질문을 꼭 했다고 한다.

그리고 이 질문에 운이 좋았다고 대답한 지원자만 합격을 시켰다고 한다. 그 이유는 "나는 운이 좋았다"고 말하는 사람은 마음 밑바탕에 "모든 일은 내 힘만으로 이루어진 게 아니야"라는 감사의 마음을 반드시 가지고 있기 때문이라고 하였다.

필자 역시 사회생활 중에 만나게 된 수많은 사람들 중에 상대편을 존중하고 항상 감사하는 마음을 표현하는 사람들은 대체로 뛰어난 결과를 만들어 내는 것을 여러 번 경험하였다.

H사에 근무하고 있을 때 같은 부서에 A라는 동료가 있었다. 그는 항상 부정적인 사람이며, 자신의 생각은 무조건 옳다고 여기는 오만한 사람이었다. 그리고 그가 가진 악습 중 가장 안 좋았다고 기억되는 점은 주변 사람 들의 도움을 당연하게 여기는 행동이었다. 한마디로 인간의 기본이 안된 사람이었다. 그의 그런 모습 때문인지 그의 주변에는 아무도 없었으며, 마지막에는 완전히 고립되어 회사를 떠나는 모습을 본 적이 있다.

반면 후배 사원 중 B라는 사원은 항상 웃는 얼굴과 감사하다는 표현을 잘하고, 대화 속에서 한번도 불평, 불만을 나타내지 않으며 성실히 자신의 업무에 최선을 다하는 친구가 있었다. 그는 현재 선배들을 제치고 팀장을 거쳐 지점장의 위치에서 일하고 있다. 이렇듯, 긍정적 사고 방식과 감사하는 마음을 가진 사람들은 언제나 좋은 결과를 산출하였다. 그러나 부정적인 사고로 늘 불평을 일

삼는 사람들은 항상 그 결과가 좋지 않았다.

위의 사례에서도 볼 수 있듯이, 남과 타인에게 감사할 줄 마음을 갖는 것은 매우 중요하다.

감사할 줄 아는 마음이 밑바탕에 깔려야 자신이 오만으로 빠지는 것을 통제할 수 있으며 다른 사람을 존중할 수 있게 된다. 그리고 이를 통해 타인에게 호감과 신뢰를 얻을 수 있다.

항상 모든 것에 감사하라, 자신을 위해서라도 상대방에게 감사하라. 그러면 안 풀리던 일도 스스로 해결되는 신비한 경험을 체험하게 될 것이다.

2

어떻게 변화할 것인가

"세상은 변화를 싫어하지만 그것이야말로 유일하게
진보를 가져왔다."
[찰스 케터링]

우리나라 사람들에게 "당신이 좋아하고, 하고 싶은 것은 무엇입니까?"를 질문하면 쉽게 대답하지 못한다.

왜 그런 것일까? 그 이유는 간단하다. 그것은 항상 부모 또는 선생님 등 선대(先代)사람들이 짜 놓은 프레임적 사고에 익숙하고 그 범주 안에서 머무르기를 좋아하기 때문이다.

필자 역시, 누군가가 "무엇을 하고 싶으세요?", "좋아하는 것은 뭐죠?"라고 물어본다면 일반재화나 특정 기호품 등에 대한 질문이 아닌 경우에는 쉽게 답하지 못하는 경향이 있다.

그만큼 우리는 자기 자신이 무엇을 원하는지? 이것조차도 잘 모르고 살아가고 있다.

노력을 지속하기 위해서는 목표 설정이 중요하다. 목표를 설정하기 위해서는 우선 자신이 원하는 것이 무엇인지를 명확히 인지하고 있어야 한다.

원하는 것을 인지하여야 목표에 대한 목적은 더욱 뚜렷해지며, 향후 노력이라는 엔진이 가동할 때 끊임없이 원료를 공급해 주기 때문이다.

미국의 성공한 억만장자 사업가인 그랜트 카돈은 그의 저서 '집착의 법칙'에서 원하는 것을 파악하는 것이 왜 중요한지에 대해 다음과 같이 말하고 있다.

자신은 16세부터 마약 중독자였으며, 마약으로 인해 각종 사고가 끊이지 않는 문제의 삶을 살았다는 것이다.

그는 그런 자신의 삶이 너무 싫어 마약 중독을 끊고 정상적인 가정을 가져보겠다는 작은 목표로부터 출발하여 자신을 서서히 변화시켰고, 그 작은 변화는 지금의 성공의 밑거름이 되었다고 하였다.

정상적인 삶에 대한 그의 작은 바람은 그가 원하던 삶과 억만장자라는 또 하나의 보너스를 가져다주었다. 이렇듯 자신이 원하는 것을 명확히 인지한다는 것은 성공으로 가는 출발선에 들어서는 하나의 과정이기에 매우 중요하다.

　목표를 달성할 때마다 느끼는 희열은 말로 표현할 수 없다. 이를 위해서라도 명확히 자신이 원하는 것을 미리 파악해 놓는 것은 매우 중요하다.

2) 목표 설정이 왜 중요한가

목표 설정이 인생에 있어서 얼마나 중요한 영향을 끼치는지에 대하여 하버드 대학에서 진행한 재미있는 연구 결과가 있다.

연구의 내용은 목표가 있는 사람과 없는 사람의 차이를 비교하여 목표가 향후 사람의 인생에 어떤 영향을 끼쳤는지를 25년 후에 확인하는 실험이었다.

시험 대상은 IQ와 학력, 생장환경 등이 비슷한 사람들을 대상으로 하였다. 시험 대상 중 27%의 사람은 목표가 없고, 60%는 목표가 희미하며, 10%는 목표가 있지만 단기적이라 하였다. 단지 3%의 사람만이 목표를 가지고 있었다.

　25년 동안의 끈질긴 추적 연구를 진행한 결과는 실로 충격적이었다.

　시험대상 중 목표가 있던 3%의 사람은 25년 후에 사회 각계의 최고 인사가 되었으며, 10%의 단기 목표를 지닌 사람들은 사회의 중상위층으로 성장하였다. 그들은 단기 목표를 여러 번에 나누어 달성함으로써 안정된 생활 기반을 구축하였고 사회 전반에 꼭 필요한 의사, 변호사, 건축가, 기업가 등의 전문가로 활동하였다.

　이중 목표가 희미했던 60%는 대부분 중하위 층에 머물렀으며, 안정된 생활을 영위하였지만 10%의 사람들에 비해 뚜렷한 성과를 나타내지 못하였다.

　여기서 우리가 가장 주목해야 하는 것은 목표가 없던 27%의 사람들이다. 그들은 모두 최하위 수준의 생활을 하고 있었으며, 취업과 실직을 반복하며 사회의 구제지원 없이는 살기가 어려운 삶을 살고 있었다(표-1. 목표설정이 인생에 미치는 영향 참조).

위의 연구에서 알 수 있듯이 목표 설정은 향후 당신의 미래를 바꿔 놓을 수 있는 중요 사항이다.

시험군	구성비(%)	결 과
목표 있음	3%	상위층, 최고인사 위치
단기목표 있음	10%	중상위층, 전문가 위치
목표가 희미함	60%	중하위층, 안정적 위치
목표 없음	27%	최하위층, 사회적 도움 필요
합 계	100%	-

표-1. 목표 설정이 인생에 미치는 영향

그리고, 또 다른 목표 설정의 중요성 연구의 예로 미국의 예일대 졸업생 대상 연구가 있다. 1953년 예일대는 졸업생들을 대상으로 삶의 목표에 대한 조사를 했다.

"당신은 인생의 구체적인 목표와 계획을 글로 써 놓은 것이 있습니까"라는 질문을 던졌는데, 졸업생 중, 단 3%만이 인생의 구체적인 목표와 계획이 있다고 하였고, 나머지 97%는 그저 생각만 하거나 아니면 아예 목표가 없다고 하였다.

조사를 시작하고 나서 20년이 지난 후, 그때의 학생 중 생존자들을 대상으로 경제적인 부유함을 조사했는데 놀랍게도 졸업할 당시 구체적인 목표가 있다는 3%의 졸업생들이 나머지 97%의 졸업생들보다 훨씬 더 많은 성공과 부를 이루고 있음을 확인했다.

위의 목표에 관한 두가지 연구의 예에서 당신은 어느 집단에 속하고 싶은가? 물론 당신은 그 답을 알고 있다. 그러나, 그 답은 '당신이 목표를 설정하는가? 아닌가?'에 달려 있다.

목표를 세우기 전에 꼭 체크해야 할 사항은 목표가 실현 가능한가? 자신이 목표를 추진해 나갈 수 있는 능력을 가졌는가? 내가 준거집단으로 삼을 만한 대상이 있는가를 체크하여 진행 과정상의 리스크(Risk)를 줄이고 목표 달성의 성공률을 높이기 바란다.

3) 목표를 세워 보자

　당신에게 굳은 의지와 목표가 아직 확립되지 않았다면 다음과 같이 단계적 목표 달성법을 이용해 볼 것을 추천한다.

　필자는 목표의 설정이 처음부터 완벽하고, 거창하게 시작할 필요는 없다고 생각한다. 우선 자기 수준에 맞춰 현실에 맞는 단순한 일부터 목표를 설정해 해결해 나가는 것을 추천한다.

　어떤 자기계발서에 의하면, 우선 자기가 원하는 목표를 가장 크게 그려 보고, 그것을 이루기 위한 하위 목표를 파악해 하나하나의 목표를 설정하는 것이 좋다고 설명하는 책도 있다.

그러나 이것은 아직 지식과 경험이 적은 사람에게는 매우 힘든 과정이다.

그 이유는 모든 판단의 범위는 자신이 알고 있는 지식만큼 그 크기가 보이기 때문이다. 따라서, 처음부터 커다란 목표를 설정하기보다는 현재 자신이 소화 가능한 부분부터 단계적으로 달성해 나가는 단계 목표 접근법을 사용해 보기를 바란다.

UCLA 의과대의 로버트 다우어 박사는 '아주 작은 반복의 힘'이라는 그의 저서에서, 결심이 성공으로 가기 위해서는 스몰 스텝(Small step) 접근법을 통해 아주 작은 목표 달성의 단계를 순차적으로 달성해 나감으로써 뇌가 자신의 행위를 도전이라고 여기지 않도록 해야 한다고 하였다.

이 방법을 사용하면 뇌는 자신의 결심이 어려운 것이 아닌 일상적인 것이라 착각하고 포기 없이 목표를 끝까지 쉽게 달성할 수 있다는 것을 역설하였다.

필자 역시 다음 그림과 같이 단계별 목표 달성을 통해 문제를 해결해 나갔던 경험이 있기에 이 방법을 권장한다(표-2. 단계별 목표 설정의 예시 참조).

단계별 목표 달성은 명확성의 증대, 동기부여, 효율적인 행동 유도, 진행 상황의 확인 및 동기의 유지, 자신감 향상 등의 수많은 이점을 제공한다. 그리고, 무엇보다도 큰 목표에 대한 막막함을 줄여, 행동을 쉽게 시작할 수 있고, 각 단계를 성공적으로 완수하며 성취감과 자신감을 얻어 최종 목표까지 꾸준히 나아갈 수 있다는 장점이 있다.

따라서, 단계적 목표 달성 기법을 활용하여 자기 발전의 행동을 이끌어 내야 한다.

표-2. 단계별 목표 설정의 예시

4) 계획표를 만들자

목표가 설정되고 목적 또한 확고해졌다면, 이를 달성할 계획표를 작성하는 것이 매우 중요하다. 계획표가 없으면 효율적인 목표 달성의 관리가 어렵다. 따라서 꼭 계획표를 작성하기 바란다. 계획표를 작성하는 법은 여러 방법이 있으나, 필자는 타임 테이블 계획표를 작성하여 활용할 것을 추천한다.

그 이유는 다음과 같다. 첫째 타임테이블 계획표를 작성하면, 일정을 체계적으로 관리하여 시간을 효율적으로 사용하고, 불필요한 중복이나 누락을 방지할 수 있다. 그리고, 둘째 현재상황의 파악이 용이하기 때문에 우선순

위에 따라 일을 처리할 수 있으며, 목표 달성을 위한 구체적인 시간 관리 전략을 수립할 수 있다.

셋째, 일관된 루틴과 집중 시간을 확보하여 심리적 안정감을 얻고, 계획을 꾸준히 점검하며 수정함으로써 최적화된 시간 관리 시스템을 만들 수 있다는 장점이 있다. 따라서 나는 타임 테이블 계획표의 작성을 추천한다.

	1월					2월				3월					비고
	1주	2주	3주	4주	5주	1주	2주	3주	4주	1주	2주	3주	4주	5주	
검체입고 및 시험자배정			■	■											
예비 테스트					■										
본 테스트						■	■	■	■						
결과확인 및 통계분석										■	■				
보고서 작성												■	■		

표-3. 타임테이블 작성의 예시

계획을 너무 잘 짜려고 하지도 말고, 무리하게 짤 생각도 하지 말라. 계획은 언제나 계획일 뿐 항상 변수가 발생한다. 상황에 맞게 대처하는 융통성이 중요하다.

우리가 초등학교 때 만들었던 방학 계획표를 한번 상

기해 보자 그 당시 모두들 공부를 1일 계획표에 10시간 이상 넣고 방학 생활을 하겠다는 친구들이 많았다. 나 역시 동일하다. 그러나 그 계획은 지켜 졌는가? 아무도 지키지 않았다고 단언한다.

우선은 스스로가 소화할 수 있는 만큼의 계획을 짜서 실행해 보기 바란다. 자전거를 타듯이 계획도 짜보다 보면 익숙해지기 마련이다.

무리한 계획보다는 지속 가능성에 초점을 맞춰 계획을 작성해 보기 바란다.

5) 용기 있게 시작하자

    독일의 사업가이자 유명한 저널리스트인 마르틴 베를래는 그의 저서 "나는 다시 나를 설계하기로 했다"에서 시작의 중요성에 대해 이야기하였다.

    우리는 뇌는 "어떻게"라고 묻는 순간 그에 대한 해결책을 찾기 시작하고, 단 2분이라도 생각을 행동으로 옮기는 순간이 있어야 변화를 이끌어 낼 수 있다고 시작의 중요성을 강조하였다.

    모든 변화의 시작은 동기부여에서 출발하지만, 실제 움직임은 실행에서부터 나타난다.

    예를 들어 자동차에 시동을 걸었어도 엑셀을 밟기 전

에는 자동차가 움직이지 않는 것과 마찬가지다.

실행이 중요한 이유는 계획만으로는 목표를 달성할 수 없고, 불확실한 상황에서 빠르게 배우고 적응하며, 긍정적인 피드백을 만들 수 없기 때문이다.

실행은 처음부터 쉬운 것이 아니다. 실행을 하고자 하면 머리 속에서는 여러가지 생각들이 떠오르면서, 그 흐름을 방해하려고 할 것이다. "내가 과연 이것을 해낼 수 있을까?", "실패하면 남들은 뭐라고 나를 비난할까?"라는 부정적 생각들이 계속 머릿속에 맴돌며 실행을 방해하는 자기 합리화를 이끌어 낼 것이다.

그러나 그것은 단지 자신만의 어리석은 생각일 뿐이다. 남들은 당신에게 아무런 관심이 없으며, 남의 인생을 신중히 들여다볼 여유조차도 없기 때문이다.

예전에 필자가 일본 대학원 유학을 목표로 준비를 하고 있을 때였다. 나는 주변 사람들에게 나의 유학에 대한 꿈을 이야기하였을 때, 가족과 친한 친구, 선후배 외에는 아무도 큰 관심을 보이지 않았다. 그리고 "그 계획은 어떻게 진행되고 있는지?", "준비는 잘 되어 가는지?" 두 번 다시 묻지도 않았다.

남의 시선은 한낱 시선일 뿐, 그들의 시선을 두려워하지 말기 바란다. 그들은 당신에게 아무런 관심이 없다.

오히려, 당신이 성공하여 자신이 뒤쳐지는 것을 두려워한다. 따라서 당신의 그 용기와 의지를 꺾어 버리고 싶어할 것이다.

자신의 삶은 내가 만들어 가는 것이고 그 책임 역시 자신의 몫이기 때문이다. 범죄를 저지르지 않는 한 아무도 나의 실패를 욕하는 사람은 없다.

만약 당신의 실패에 비아냥거리는 상대가 있다면 그와의 관계를 정리하는 편이 좋을 것이다. 협력자가 있어도 살기 어려운 인생인데 인생의 훼방꾼과 함께 삶의 길을 걸어간다는 건 매우 위험한 것이며 자신의 삶에 아무런 도움이 되지 않기 때문이다.

자신의 생각을 현실로 만들고 싶은가? 그렇다면 하루라도 빨리 실행하라. 그것만이 보다 발전된 미래의 자신을 만날 수 있는 지름길이다.

6) 기록을 습관화하자

현재 필자는 연구소에서 일하고 있기 때문에 엄청난 양의 기록을 작성하고 이를 관리하고 있다.

기록 관리를 소홀히 하면, 발생하는 이슈(Issue)에 대한 원인 분석과 타당한 결과를 도출해 내지 못하기 때문에 기록 속에 파묻혀 생활하고 있다.

사람은 계획대로 시간을 제대로 활용하지 못하면 항상 불안감만 쌓인다.

불안감이 쌓이면 머릿속은 계속 복잡해지고 남은 시간만큼은 무엇인가를 해야 한다는 강박관념에 휩싸여 아무것도 못하는 경우도 생긴다.

불필요하게 낭비되는 시간을 줄이기 위해서는 기록을

습관화하는 것이 중요하다.

기록이 습관화되면 시간을 얼마 들이지 않고도 그 순간의 감각과 내용을 언제든지 현재에 활용하기 쉬워진다.

수세기에 걸쳐 성공한 사람들에게는 공통점이 있다. 그들 모두 기록을 중시했다는 것이다.

다산 정약용 선생은 둔필승총(鈍筆勝聰) 즉, "둔한 붓이 총명함을 이긴다"라고 했다. 아무리 총명한 사람이라도 기억은 한계가 있고 기록을 이기지 못한다는 뜻이다.

매일매일 할 일 목록을 적어 보고 목표의식을 갖고 기록들을 체크하자. 그리고 자신만의 방법으로 요약하면 당신의 삶은 목표 달성의 기쁨과 더불어 긍정적 방향으로 변화되어 있을 것이다.

일본의경영 컨설턴트이자 '오카자키 매거진'을 발행하고 있는 오카자키 다로는 그의 저서 '1일 3분 성공습관'에서 '모티베이션 시트(Motivation sheet)'라는 수첩을 활용하여 성공적인 비즈니스를 달성하는 방법을 제시하였다.

그 기록의 방법을 간단히 설명하면 다음과 같다.

모티베이션 시트의 작성은 '데일리시트(Daily sheet)'와 '그룹핑 리스트(Grouping list)'라는 두 가지 시트로 구성된다.

데일리 시트는 A면과 B면이 좌우로 마주 보는 형식으로, A면은 행동기록, 업무체크, 생각이나 느낌, 오늘 떠오른 아이디어, 연락사항, 정보메모, 오늘 좋았던 일 등 총 일곱가지 항목으로 기록하고, B면은 회의나 미팅, 개인면담 등의 메모, 기획서 원안, 업무 흐름도 등을 기록한다. A와 B는 항상 대조하여 볼 수 있게 작성하며, 시간이 흐른 후 그날 무슨 생각을 했는지 한눈에 이해할 수 있도록 작성한다.

그룹핑 리스트는 데일리 시트에 매일매일 기록한 내용을 나중에 분류하고 집계하는 것을 목적으로 작성하며, 의식하지 않고 기록해 둔 자신의 행동과 느낌을 다시 살펴봄으로써 행동으로 연결할 수 있도록 도와주는 기능을 수행한다.

기록을 효율적으로 활용하는 방법은 궁극적으로 이것

을 행동으로 이끌어 낼 수 있는가가 중요하다.

효율적인 기록 방법은 이외에도 다양하다. 위의 예로 제시된 기록법을 이용하지 않고 자신만의 기록법을 만들어 이용하는 것도 매우 좋은 방법이다.

지식과 지혜 중 어느 것이 더 중요하다고 한다면 지혜가 더 중요한 것이라 말할 것이다. 지식은 지혜를 위한 하나의 도구이다. 지식이 많아도 이를 적절히 사용할 수 있는 지혜가 없다면 지식은 제 역할을 다하지 못하게 된다.

인류가 수렵, 채취 활동에서 벗어나 역사 시대를 시작하면서부터 수많은 경험과 지식이 축적되었다. 그러나 우리는 축적된 지식을 제대로 활용하고 있지 않다고 생각한다. 그렇기 때문에 아직도 각자의 욕망에 사로잡혀 올바른 정의를 실현하지 못하는 것이 아닌지 의문이 들기도 한다.

성경의 잠언을 보면 8장 1절에서 21절까지에는 다음과 같은 대목이 나온다. 지혜가 사람이 되어 공개적으로 자신을 선포하는데, 그 내용은 다음과 같다.

1지혜가 부르지 아니하느냐 명철이 소리를 높이지 아니하느냐

2그가 길가의 높은 곳과 네거리에 서며

3성문 곁과 문 어귀와 여러 출입하는 문에서 불러 이르되

4사람들아 내가 너희를 부르며 내가 인자들에게 소리를 높이노라

5어리석은 자들아 너희는 명철할지니라 미련한 자들아 너희는 마음이 밝을지니라

6너희는 들을지어다 내가 가장 선한 것을 말하리라 내 입술을 열어 정직을 내리라

7내 입은 진리를 말하며 내 입술은 악을 미워하느니라

8내 입의 말은 다 의로운즉 그 가운데에 굽은
 것과 패역한 것이 없나니

9이는 다 총명 있는 자가 밝히 아는 바요 지식
 얻은 자가 정직하게 여기는 바니라

10너희가 은을 받지 말고 나의 훈계를 받으며
 정금보다 지식을 얻으라

11대저 지혜는 진주보다 나으므로 원하는 모든
 것을 이에 비교할 수 없음이니라

12나 지혜는 명철로 주소를 삼으며 지식과 근
 신을 찾아 얻나니

13여호와를 경외하는 것은 악을 미워하는 것이
 라 나는 교만과 거만과 악한 행실과 패역한
 입을 미워하느니라

14내게는 계략과 참 지식이 있으며 나는 명철
 이라 내게 능력이 있으므로

15나로 말미암아 왕들이 치리하며 방백들이 공
 의를 세우며

16나로 말미암아 재상과 존귀한 자 곧 모든 의

　　로운 재판관들이 다스리느니라

17나를 사랑하는 자들이 나의 사랑을 입으며

　　나를 간절히 찾는 자가 나를 만날 것이니라

18부귀가 내게 있고 장구한 재물과 공의도 그

　　러하니라

19내 열매는 금이나 정금보다 나으며 내 소득

　　은 순은보다 나으니라

20나는 정의로운 길로 행하며 공의로운 길 가

　　운데로 다니나니

21이는 나를 사랑하는 자가 재물을 얻어서 그

　　곳간에 채우게 하려 함이니라

[대한성서공회, 개혁개정 발췌]

　위의 잠언 구절을 읽어 보면 지혜와 지식의 상관성을 연결하기 쉽지 않다. 그러나, 12절의 "나 지혜는 명철로 주소를 삼으며 지식과 근신을 찾아 얻나니"라는 구절을 본다면 지혜는 명철과 근신, 지식과 함께 서로 떨어질 수 없는 필수불가결의 존재라는 것을 알 수 있다.

이렇듯 지식과 지혜는 하나의 패키지 상품과도 같다. 지혜를 얻고 싶으면 지식을 쌓는 일을 게을리하지 말아야 한다.

지식을 쌓는 가장 손쉬운 방법은 선대인(先代人)의 지식의 집합체인 책을 가까이하는 방법이다.

오늘부터 단 1페이지일지라도 책을 계속해서 읽어 나가는 습관을 가져보기 바란다. 이 습관이 반복된다면 당신은 매우 지혜로운 사람으로 바뀌어 있을 것이다.

3

게으른 사람은 아무것도 변화시키지 못한다

"게으른 자는 늘 하고 싶은 것이 있다고 말만 하고, 하지 않는다."

[보브나르그]

1) 계획대로 움직이자

무엇인가 성과를 얻기 위해서는 끊임없는 행동과 그것을 유지시키는 노력이 필요하다. 이때에 자신이 달려가고 있는 궤도에서 이탈하지 않도록 그 매뉴얼(Manual)을 제공하는 것이 계획이다.

계획은 막연한 목표를 구체화해 주며, 동기를 부여하는 데 도움을 준다. 그리고 발생 가능한 문제에 대해 미리 예측할 수 있는 힘을 부여한다.

필자가 4년제 대학 편입을 마음먹고 공부를 시작했을 때 목표는 정해진 상황이었으나 이에 대한 구체적인 계획을 세우지는 않았었다. 그렇게 아무런 계획도 없이 공부를 시작하니 교재를 보는 속도가 매우 느렸고, 진도는 항상 그 자리에 있는 것만 같았으며, 시간이 흐르면서 이전에 공부한 것도 기억이 잘나지 않아 다시 했던 공부를 다시 해야 하는 일이 허다하였다. 시간이 지날수록 진도는 느리고, 공부해야 할 양은 많은 상황이라 마음속에서는 계속 조바심이 생겼다. "이럴 바에는 차라리 때려 치는 것이 좋겠다"는 유혹이 계속 밀려왔다. 그럴 때마다 나의 모델이 되어 준 친구들을 생각하며 스스로를 위로하였고, "언젠가는 꼭 되겠지", "해 보자"라는 말을 되새기며 나 자신을 진정시켰다.

그러나, 계속해서 이런 공부 스타일로는 모든 것이 불가능할 것이라는 판단하에, 드디어 필자의 인생에서 처음으로 공부 계획표를 작성해 보았다.

처음에는 1일 달성 페이지 수를 정해 놓고 무조건 1회독을 마쳐보자는 계획으로 공부하여 가까스로 계획된 시간 안에 1회독을 마쳤다.

1회독을 마쳤을 때는 계획을 끝까지 해냈다는 뿌듯한

기쁨보다는 공부를 했는데도 머리 속에 남아 있는 게 별로 없어서 큰 충격을 받았다. 그리고 돌머리인 나 자신에 대한 실망감으로 괴로워했다. 그러나 2회독에 들어갔을 때 서서히 공부한 것이 이해되기 시작했으며 문제를 풀었을 때 정답의 확률이 올라갔다. 이때서부터 공부하는 것에 대한 재미가 생겨나기 시작했다. 이때부터는 새로운 교재를 접했을 때 가졌던 두려움도 사라졌다.

그제서야, 비로소 공부는 꾸준함 없이는 불가능한 것임을 이해하게 되었고, 규칙적인 학습 생활을 유지하기 위해 많은 노력을 기울였다. 그 결과 예전에는 책상에서 50분 이상 앉아 있기가 어려웠던 나 자신은 사라졌고, 3시간을 연속해 공부하는 것도 가능하게 되었다.

보잘것없이 작성된 단순한 계획이었으나, 그 계획표는 나의 삶을 변화시켜 주었고 모든 일을 매사 긍정적으로 생각하게 해 주는 계기를 마련해 주었다.

공부를 시작하던, 장사를 시작하던 모든 일에는 계획

이 필요하다. 독자분들도 아무것이라도 좋으니 우선 계획을 세워 보고 그 계획을 계획표에 맞춰 꾸준히 실천해 보길 바란다.

2) 피드백의 중요성

어떤 일을 시작했으면 항상 진행사항을 점검해 보아야 한다. 그래야 현재 진행되는 과정이 제대로 잘 이루어지고 있는지를 정확히 파악할 수 있으며, 방법상의 오류를 바로잡을 수 있다. 그리고 이와 더불어 효과적인 보완책을 세울 수도 있기 때문이다.

피드백을 진행할 때는 객관적인 입장에서 판단하는 것이 중요하므로 남에게 피드백을 받는 것이 가장 좋다. 스스로를 점검한다는 것은 매우 힘들다. 그건 인간은 자기 자신에게 매우 관대하기 때문이다.

필자가 교육받은 바에 의하면 현재 주로 사용되는 피

드백 기법으로는 SBI(Situatiom(상황)-Behavior(행동)-Impact(영향)) 기법이 많이 사용된다고 한다.

SBI 기법은 특정상황을 명확히 제시하고, 관찰된 특정 행동을 사실에 기반하여 묘사한다. 그리고 그 행동이 결과에 어떠한 영향을 주는지 체크하는 방법이다. 이 기법을 사용하는 주된 목적은 문제해결을 돕고 성장을 위한 방향을 제시하는 것을 지향하기 때문에 부정적인 내용은 배제한다는 특징이 있다.

빠른 목표 달성을 원한다면, 항상 피드백을 적극 활용하라. 피드백을 통해 자신을 모니터링 한다면 내가 어느 단계에 서 있다는 것을 빠르게 인지할 것이며, 이것이 노력으로 인한 당신의 심적 고통으로부터 당신을 빠르게 해방시켜 줄 것이다.

3) 하나의 목표가 달성되면 바로 다음 목표를 설정하라

    필자는 4년제 대학의 편입을 달성한 후, 한동안은 새로운 목표의 설정 없이 그저 시간만 흘려보내고 있었다. 목표를 달성했다는 기쁨에 그것을 핑계로 예전과 같이 다시 유흥의 길로 돌아갔으며, 이전의 게으름뱅이로 회귀하였다.

    목표가 없으니 매일매일이 똑같았고, 하루하루가 지겨웠다. 그리고 도파민 충족을 위해 보다 자극적인 쾌락만을 찾고 있었다. 그렇게 무의미하게 대학생활의 한 학기를 허비하고 여름방학을 맞이하였다.

    여름방학에는 어디론가 떠나 여행하며 놀고 싶었고,

이에 필요한 자금 및 유흥비를 충당하기 위해 아르바이트를 하고 있었다.

커피숍에서 아르바이트를 하고 있던 어느 날 군대를 막 제대한 친구가 일하고 있던 가게에 놀러 왔다. 일하는 짬짬이 이런저런 얘기를 하는데 친구는 남자답게 건설 일용직으로 돈을 벌어 보자고 제안하였다.

건설 일용직은 일당제이고 보수도 높은 편이어서 필자도 그 제안을 흔쾌히 받아들였다.

처음으로 새벽 인력시장이라는 곳을 나가 봤다. 그 곳은 새벽부터 많은 사람들이 일감을 찾고 있었고, 자신을 선택해 주기를 기다리며 대기하고 있었다. 그중 나이가 지긋한 분들도 꽤 계셨는데, 젊은 사람들은 빨리 일을 배정받아 삼삼오오 무리를 이뤄 현장으로 나가는 반면, 연세가 많은 분들은 일자리를 구하기가 어려워 보였다. 단순한 노동일도 경쟁이 존재한다는 것이 나에게는 매우 충격적이었다. 그리고, 이때에서야 비로소 삶이 얼마나 경쟁이 치열한지를 깨닫게 되었다.

건설 노동일은 생각보다 힘이 들었다. 필자는 기술을 보유한 기술자가 아니기 때문에 매일매일 해야 하는 업무가 달라졌다. 어떤 업무를 배정받느냐에 따라 일의 강도는 천차만별이었다. 어느 날은 탈수 증상이 올만큼 그늘 하나 없는 땡볕에서 뼈빠지게 일하기도 했으며, 어느 날은 습도와 온도가 높아 숨쉬기조차 힘든 지하 작업장에서 소처럼 일하기도 했다.

그 당시, 하루의 일과는 필자에게는 너무 힘들었기에 일을 마치고 집에 오면 바로 곯아떨어졌고, 다음 날 새벽에 인력시장에 나가야 해서 야간의 외부 활동은 아예 생각조차 할 수가 없었다.

그 덕분에 외부 지출이 거의 발생하지 않아, 여름방학을 마칠 때 즈음에는 당시 내 기준으로 상당히 많은 돈을 손에 넣을 수 있었다.

이전과는 달리, 어렵게 노동하며 모은 돈이라 그 돈을 헛되이 쓰고 싶지 않았다. 무의미하게 유흥비로 쓰기에는 너무 아까웠다. 그래서 이 돈을 자기 계발에 투자하기

로 마음먹었고, 토플 학원수강과 교재를 구매를 하기로
했다.

토플학원에 다니면서 강사가 알려 주는 대로 꾸준히
공부하다 보니, 영어 실력은 점점 좋아졌고, 어느 날부터
는 영어 원서 독해가 어렵지 않게 되었다. 그리고 토플
점수도 괜찮은 편이라 진학 및 취업 문제에 대해 어느 정
도 자신감도 생겼다.

앞으로의 미래에 대한 고민 끝에, 좀 더 전공 공부를 하
는 것이 좋겠다고 생각되었고 마침내 대학원 진학을 결
심하게 되었다.

지금 와서 돌이켜 보면, "그때 당시에 좀더 빨리 다음
목표를 설정하고 자기계발에 매진하였더라면 더 크게 성
장하고 발전할 기회가 있었을 텐데"라는 후회가 들기도
한다. 그러니 여러분은 소중한 시간을 허비하지 말고 하
나의 목표가 달성되면 빠르게 새로운 목표를 세워, 계속
해서 성장해 나아가길 바란다.

예전에 우연히 TV쇼를 보다가 손흥민 선수가 킥 연습을 해 온 과정에 대해 이야기하는 것을 본적이 있다. 그는 50~60개의 공을 훈련장에 모두 풀어 놓고 1,000번 정도의 슛을 매일 차면서 킥 훈련을 했다고 한다.

훈련의 결과는 매일 달랐는데 어느 날은 자신이 불가능하다는 위치에서도 골이 들어가는 경험을 하였다고 한다. 그래서 그 감각을 놓치지 않기 위해 계속해서 1000번이상의 슛팅 연습을 게을리하지 않았고 그 결과 지금의 성공을 이룰 수 있었다고 말하였다.

우리는 초등학교부터 지금까지 오랜 시간 동안 공부를

해왔다. 영어와 수학을 공부할 때 누구나 반복해서 단어와 공식을 외우고 반복해서 문제를 풀어 본 경험을 가지고 있을 것이다. 우리는 그 과정 속에서 반복을 통해 우리의 실력이 배양되는 것을 이미 알고 있었다. 그러나, 우리는 어느 순간부터 반복이 너무 일상적인 현실이어서 그 위대한 힘을 스스로가 무시해 버렸을지도 모른다.

빈센트 반 고흐는 "대단한 업적은 충동에 의해 이루어지는 것이 아니라 작은 일들이 모여 점점 이루어지는 것이다"라고 하였다.

매일의 루틴은 별 볼 일 없어 보이나 그것이 반복된다면 커다란 힘을 갖는다. 성공한 사람들 모두 공통점으로 매일의 루틴을 지키는 데 노력한다.

루틴은 꾸준한 노력을 만들어 내는 최고의 방법이다. 작지만 매일 반복하는 행위를 통해 습관을 만들고 습관적인 자연스런 행동을 통해 행동의 효율을 극대화한다. 그리고, 이것을 통해 자신의 능력 향상과 더불어 한계를 돌파해 나갈 수 있는 힘을 배양한다.

죽기 싫도록 하기 싫은 업무도 매일 하다 보면 일상이 되고 반복되는 일상을 지내다 보니 어느 순간에 당신은 사람들에게 전문가라는 소리를 듣고 있을지 모른다. 필자 역시 이와 같은 사항을 경험해 왔다.

지금은 힘들더라도 버텨라. 그리고 자신의 하루 일정을 완수하자. 그러면 반드시 성공한 자신을 만날 수 있을 것이다.

5) 단계적 목표 달성을 통해 선순환(善循環) 구조를 만들어라

끈기 있게 목표 달성에 대한 노력을 지속하기 위해서는 무엇보다도 자신감을 가져야 한다.

자신감을 배양하기 위해서는 우선 작은 목표라도 자신의 계획대로 달성했다는 성취감을 맛보아야 한다. 따라서 계획 초반에는 자신의 능력으로 감당이 가능한 수준의 계획을 세워야 하고, 꾸준한 노력을 통해 실패 없이 목표를 달성하는 것이 중요하다.

이렇게 하나하나씩 주어진 목표를 달성하고 문제를 계속 해결해 나아갈 때마다, 경험 속에서 우러나오는 자신감은 점차 증폭되며 지속적인 목표 달성을 가능하게 하는 선순환(善循環) 구조가 완성된다.

선순환 구조가 어느 정도 완성되면 처음 접하는 어려운 과제가 주어져도 당황하지 않고 주어진 미션(Mission)을 해결해 나갈 수 있다.

계속적인 목표 달성의 기쁨으로 인해 자신감이 충만해질 때 한 가지 주의해야 할 점은, 자신감이 넘쳐 오만해지는 것을 경계해야 한다.

필자도 연이은 시험 과제 성공을 통해 자신감이 충만해 있을 시절, 겁도 없이 경험해 본 적도 없는 시험 과제를 충분한 문헌조사도 없이 할 수 있다고 하면서 덜컥 받아 버린 적이 있었다.

그 과제는 세펨계 항생제 12종의 동시 분석법을 개발하는 과제였는데, 그 당시 나의 판단으로는 물질의 화학적 구조가 유사하여 쉽게 분석법을 찾을 수 있다고 판단하였기 때문이다.

그러나, 자만의 대가는 혹독하였다. 예상과는 달리 시험법의 개발은 쉽지 않았으며, 1개월이면 충분히 종료를

할 수 있다고 장담한 것과 달리 주말에도 일하면서 3개월 만에 겨우 끝낸 경험이 있었다.

하늘은 오만한 자에게 실패로 그 교훈을 준다고 하셨다. 다행히 실패는 하지 않았지만 뼈저린 고통을 경험할 수 있었던 좋은 계기였다.

자만하지 말고 끊임없이 노력하라, 그래야 자기 발전과 함께 성숙된 인격도 축적되어 더 좋은 결과를 거두게 될 것이다.

6) 현실은 생각의 산물이다

　현재 우리가 좋건, 싫건, 어떠한 현실을 직면하고 있다면, 그것은 과거의 당신이 생각하고, 행동함으로써 만들어 낸 자신의 창작물이다.

　사람은 누구나 꿈과 희망을 가지고 있다. 이것을 현실화시키는가 아니면 그저 상상속의 허구적 이야기로 만드는가는 결국 자기 자신에게 달려 있다.

　과거 필자 역시 아무런 목표와 계획 없이 성공한 사업가가 되어 부자 소리를 들으며 부가티 같은 슈퍼카를 타고, 300평이 넘는 잘 꾸며진 정원을 가진 집에서 살고 싶다고 생각했었다. 그러나, 목표와 계획이 없으니 이것이 실현될 가능성은 0.001%도 없었다. 하지만 시간이 날 때마다 헛된 망상을 하며 시간을 허비하며 즐거워하던 시절이 있었다. 지금 생각해 보면 이 얼마나 우스운 짓인지 부끄럽지만 그 당시에는 부끄럽다고 느끼지도 못했다.

꿈을 현실로 만들려면 우선은 1단계로 구체적인 꿈의 대상을 찾아야 한다. 그리고 이것에 대한 실행 계획을 세워야만 꿈에 대해 다가갈 수 있다.

1단계로 방향성을 찾았다면, 2단계로는 계획에 맞춘 현실적인 실행이 뒷받침되어야 한다.

이때 목표에 대한 마감기간을 설정하고 피드백 과정을 꾸준히 실행한다면 달성 기간을 더욱 단축하게 될 것이다.

마지막 3단계로는 목표 달성에 대한 긍정적인 마인드를 가지고 포기하지 않는 마음가짐을 잃지 않아야 한다. 이를 위해서는 항상 감사하는 마음과 어려움에 직면하여도 결코 포기하지 않는 자세가 필요하다.

필자는 비록 아주 큰 성공을 이루지는 못하였으나, 현재의 자리까지 오기에는 많은 시련이 있었다.

때로는 뚜렷한 성과가 나오지 않아 방향성을 잃고 빌어먹을 현실만을 탓하기만 한 적도 있었다.

그러나 모든 현실은 나의 생각과 노력으로 인해 생성된 자기 창작물이었다.

자신의 꿈을 달성하고 싶다면 성공하는 자신을 항상 머릿속에 그려라. 그리고 어떻게 하면 그 자리에 내가 서 있을 수 있을지 항상 생각하고 추진하라. 그러면 내가 노력한 만큼 만들어진 현실이 내 앞에 서 있을 것이다.

4

매일 한걸음씩 성장하자

"계단 전체를 볼 필요는 없다.
그냥 한 번에 한 계단만 올라가라"
[마틴 루터킹]

우리의 하루는 매일 유사한 일상의 반복이다. 반복이 계속될수록 생활은 지루해지며, 지루함이 오래될수록 서서히 자신이 나아갈 방향을 잃어버리는 경우가 많다.

따라서, 자신을 보다 효율적으로 관리하기 위해 세부 목표로 1일 1계획을 세운 후 자동 시스템적으로 행동하는 편이 좋을 것이다.

시간은 한정적이다. 한정적 시간의 효율성은 스스로 사용하기 나름이다. 시간을 허비하면 후회하는 것은 미래의 나 자신이다.

필자가 한국과학기술연구원(KIST)에서 근무할 당시

필자의 주연구과제는 분해성 플라스틱의 분해성 평가였다. 이곳에서 주어진 과제를 수행하면서 1일 1계획 1달성의 중요성을 느끼게 되었다.

연구소의 특성상 모든 일은 자신이 스스로를 관리해야 했고, 남이 관리를 해 주지 않았으며, 아무도 자신의 업무 외에는 남의 일에 관심을 보이지 않았다.

아무래도 업무 자체가 개인적으로 이루어지는 부분이 많아 남에게 간섭받거나 간섭하는 것 자체를 싫어하는 성향이 강해, 회사의 분위기 자체가 그런 것 같았다.

예전 학교에 다닐 때와 달리 심적으로나 업무적으로 도움을 받기 어려운 상황에 처하니, 자기 관리가 서투른 필자로서는 이것이 상당한 스트레스였다.

주로 지시받는 업무에만 익숙해 있던 나에게는 자발적인 관리를 하라는 것은 하나의 어려운 도전처럼 느껴졌다.

그러나 피할 수는 없는 법, 이때부터 필자는 1일 1계획 1목표 달성을 기준으로 업무에 임하기로 하였다. 실행 기간이 1일이라 바로바로 성과를 확인할 수 있어, 관리가 편했고 상황에 따라 유연성 있게 계획 변경하기가 쉬웠다.

그때부터 이전보다는 과제 관리 및 업무 효율성이 증가하였으며, 주간 보고 회의가 두렵지 않게 되었다.

필자의 경험상 1일 1계획 1목표 달성은 매우 효과적인 방법이라 생각된다. 그러니 여러분도 꼭 한번 이용해 보길 권한다.

작은 것이라도 양질의 계획을 짜보고 하루하루 달성해 나가면, 반드시 개선된 나 자신을 만나게 될 것이라 생각한다.

2) 간절하면 이루어진다

누구나 마찬가지겠지만, 목표를 정하고, 실행하고, 열심히 노력한다 하여도 예측과는 전혀 다른 결과가 나타나는 경우가 많다.

이럴 때 가장 많은 허탈감을 느끼며, 지금까지의 노력을 모두 접어 버리고 싶다는 유혹에 시달리기도 한다.

필자도 해외 유학을 목표로 유학에 필요한 사항을 알아보던 시절이 있었다. 처음에는 미국으로 유학을 가고 싶었으나, 미국은 학비 및 체류비가 매우 높아 현실적으로 유학이 불가하였다. 이에 미국 유학은 시도조차 못하고 일본 유학을 알아보게 되었다.

당시 직속 선배 중에 일본 동경대학교에서 박사과정을 하고 있던 선배가 있어 그 선배를 통해 입학에 관한 많은 알짜 정보를 취득했다. 그리고, 이를 통해 동경대학교 유학을 준비하였다. 쉬운 입학을 위해서는 선배가 추천해 준 교수를 찾아가면 수월하게 입학이 가능할 수도 있었지만, 나는 생화학 부분에 보다 관심이 있어 다른 교수의 지도하에서 유학을 하기로 마음먹었다.

그 당시 유학을 위해 지원을 희망하는 일본의 교수님에게 지원 메일을 작성하였으나 일본어를 전혀 몰라 영어로 작성된 지원 메일로 연락을 취하였다.

다음날 영어로 작성된 교수님의 회신 메일을 받게 되었는데, 그 내용은 일본인이 아닌 사람은 학생으로 받지 않겠다는 답변이었다.

단지 일본인이 아니라는 이유로 학생을 받지 않는다는 답변에 너무 당황하여 좌절하였다.

이런 이유로 지원이 좌절된다는 것이 어이가 없어 여기저기 해결책을 찾아보았으나 내게 돌아온 답변은 일본 문화적 특수성에 기인한 현상이라는 답변만 듣게 되었다.

모든 계획과 노력이 물거품처럼 사라지는 상황이었다. 그러나, 필자는 그 현실을 받아들이기 싫었다. 그래서 일본에서 대학을 다니고 있는 동생에게 일본인의 특성에 대해 물었고, 일본인들이 감동할 수 있는 상황은 어떤 것들이 있는지 물어보았다.

그러나 상상조차 해 보지 못한 의외의 답이 돌아왔다. 일본인들은 자필 편지를 받으면 감동하고 좋아한다는 것이었다. 그 말을 들었을 때 그 방법이 너무 단순해 믿기지 않았다.

"설마! 이런 자필편지 하나에 감동한다고?" 믿기지도 않을뿐더러 믿고 싶지도 않았다.

그러나 선택의 여지가 없었기 때문에 동생에게 지원했던 메일의 내용을 송부하였고, 일본어로 작성하여 회신해 달라고 부탁하였다.

곧 회신이 왔고, 나는 그것을 자필로 그리듯이 따라 쓴

후, 일본 동경대학교 교수님에게 자필 편지를 보냈다.

그 결과 3일 후에 동경 대학교 교수님에게서 답변이 왔는데, 그 내용은 모든 나의 선입견을 깨는 답변이었다.

그 내용은 1차로 퇴짜를 놓았으나 일본어로 자필편지를 보내는 등 자신의 의지를 강하게 피력하였으므로, 나를 받아들이기로 하였다는 것이다. 그리고 메일의 내용 중에는 "나의 학문에 대한 열정에 감동을 받았다"라는 내용도 들어 있었다.

기쁘기도 하였지만, 당황스러웠다. 드라마에서만 보던 일이 나에게 현실로 다가왔다는 것이…

이렇게 하여 나의 일본 유학 생활은 시작되었다. 믿기지 않는 현실을 경험하였으며, 이를 계기로 절실하면 통한다는 말이 진실이었다는 것을 알게 되었다.

여러분도 분명 원하는 것이 있을 것이다. 그 원하는 것을 손에 넣으려면 반드시 꼭 갖겠다는 간절함을 갖기 바란다. 간절함은 때로는 소소한 기적을 만들기 때문이다.

3) 융통성을 가져라

    나폴레옹의 장군 중에는 엠마뉘엘 그루시라는 장군이 있었다.

    그루시 장군은 워털루 전투가 프랑스 군에게 불리하게 전개되는 상황에서도 프로이센 군을 뒤쫓아 격파하라는 나폴레옹의 명령을 따르기 위해, 황제를 지원하러 가자는 부하들의 요청을 묵살하였고 끝내 나폴레옹을 지원하러 가지 않아 프랑스 군의 패배에 결정적인 역할을 하였다. 그리고, "임무는 끝까지 완수해야지"라는 명언을 남기고 불명예와 함께 역사 속에서 사라져 갔다.

    그루시 장군의 예와 같이, 하나의 업무를 진행하다 보

면 우리는 수없이 많은 변수들을 맞이하게 된다.

경우에 따라 선상부의 결정을 확인하는 것이 불가능한 경우도 매우 빈번하다. 그렇다고 확인이 될 때까지 마냥 대기하고만 있을 수도 없다. 이 경우에는 무엇보다도 융통성 있는 업무의 처리가 가장 중요하다.

융통성 있게 일을 처리하기 위해서는 자신이 처리할 수 있는 허용범위가 어디까지인지를 파악해야 하므로 이에 대한 명확한 기준을 가지고 있어야 한다.

책임 범위를 넘어서야 월권이지 융통성을 발휘한 것은 월권이 아니기 때문이다.

'사서삼경(四書三經)' 중 하나로 공자가 노년에 중점적으로 연구하였으며, 주희가 '역경(易經)'이라 이름 지은 '주역(周易)'이라는 책이 있다.

주역은 만물 변화에 대한 원리를 기술한 책이라 일컬어지며, 그 내용이 난해하고 심오하여 일반사람들은 그 내용을 전부 체득하기는 어렵다고 한다.

주역이라는 책의 자세한 내용이 어떻든 간에 우리가 이

책에서 파악해 두어야 할 점은 '물과 같이 변화와 흐름에 따라 융통성 있게 적응하는 삶'을 살아야 한다는 것이다.

노자 역시 '도덕경'에서 상선약수(上善若水)라 하여 최상의 선은 물과 같다고 하였다.

물은 그릇의 모양에 따라 변화하며 막힌 길을 돌아가 그 뜻한 바를 이룬다. 그리고 때론 유순하나 때론 모든 것을 삼킬 듯이 강하다는 말과 같이, 우리가 물과 같은 삶을 산다면 모든 고난을 능히 이겨 낼 수 있을 것이다. 따라서 융통성 있는 사고를 배양할 수 있도록 끊임없이 노력해야 할 것이다.

4) 노력에는 항상 결실이 있다

엔디 워홀은 "당신이 원하는 모든 것을 이루려면, 먼저 그에 맞는 노력을 기울여야 한다"라고 했다. 인생에 성공한 사람들의 전기를 보면 그들에게는 항상 공통점이 있었다. 그것은 항상 부지런하고 끊임없는 노력을 기울였다는 점이다.

황무지의 작가로 유명한 T.S. 엘리엇도 매일 12~15시간 정도 글을 읽거나 썼다고 한다.

필자 역시 남들에게 자랑할 만한 성공을 거두지는 못하였다. 앞으로 맞이할 성공의 그날을 위해, 끊임없이 삶의 방향을 긍정적으로 만들어 나가려고 노력하고 있다.

현재 필자는 시험검사기관에서 운영책임자로서의 업무를 담당하고 있으나, 지금껏 순탄하게 연구소 연구원으로만 직장 생활을 하지는 않았다.

　　일본 유학 생활 중 학비 문제로 인해 학업을 포기하였고, 다시 국내로 돌아와 취업을 위해 연구소에 이력서를 제출하며 구인 활동을 시작하였다.

　　박사 과정을 마치지 못하고, 학위를 취득하지 못한 실패자에게 세상은 그리 호락호락하지 않았다.

　　3년간의 일본 생활은 박사라는 결과물이 없는 나에게는 아무런 도움이 되지 않았다. 나의 3년간의 해외 경험과 수학 과정에서 쌓은 능력에 대해서는 아무도 관심을 보이지 않았으며, 단지 박사과정을 실패해 귀국한 별 볼일 없는 실패자로 취급받았다.

　　따라서, 연구원 채용시험에서는 번번히 낙방하기 일쑤였다.

　　이에, 어느 정도 내임 밸류(Name Value)가 있는 중견 회사만 지원하여서 이런 결과가 생기나라고 생각되어 회사

규모를 낮추어 지원해 보기로 하였다. 그러나 회사 규모를 낮춰 하향지원을 하였더니, 오히려 서류지원에서조차 낙방하는 결과를 맞이하여 충격을 받았던 적이 있었다.

나중에 알게 된 사실인데 서류 전형에서도 떨어지게 된 이유는 입사를 해도 현재에 만족 못 하고 금방 그만둘 것이라고 판단되었기 때문에 서류 전형조차 불합격 처리가 되었다는 소리를 들을 수 있었다.

귀국 후 3개월가량은 연구직 구인을 진행하였으나 필자를 뽑아 주는 곳은 아무 곳도 없었다.

계속되는 취업 실패로 인해 구직에 대한 의욕은 약해졌고, 패배감과 허탈감만이 밀려왔다. 그러나, 필자의 가정환경이 좋은 편이 아니라 좌절하고 우울해하고 있을 여유조차 없었다. 따라서 새로운 돌파구를 찾으려 노력하였다.

취업이 안되고 있는 상황이라 여기저기 친분 있는 선배들에게 취업을 문의하고 있던 중, 한 선배에게서 A라는 중견 기업에서 영업, 마케팅 담당자를 뽑고 있으니 그

곳에 지원할 생각이 있냐는 제안을 받았다.

당시 필자는 선택의 여지가 없었으므로 그 제안을 망설임 없이 받아들였고 A사의 영업, 마케팅 부서에 입사하게 되었다.

영업, 마케팅 부서의 업무는 매출과 직결되는 업무이다 보니, 힘든 일의 연속이었다. 담당자는 해당 월에 달성되는 매출금액으로 압박받았고, 평가받았다. 월말의 마감 일자에는 사무실 내에 극도의 긴장감이 흘렀으며, 모두들 예민해져 있어 그 누구도 웃거나 떠들지 않았다. 한마디로 지금껏 경험해 보지 못한 숨막히는 상황의 연속이었다.

그러나, 필자는 영업, 마케팅 부서에서의 경험을 통해 많은 것에 대해 배웠다. 우선 목표 달성에 대한 열정이 높아져 업무 추진력이 좋아졌으며, 고객 대응을 통해 인성적인 측면에서도 발전이 있었다. 그리고, 타인에게 겸손한 매너를 항상 유지할 수 있게 되었다.

그리고 이때의 경험을 바탕으로 꾸준히 노력한 결과,

다시 예전의 근무 부서인 연구소로 복귀할 수 있게 되었으며, 지금은 시험책임자를 거쳐, 운영책임자의 타이틀을 손에 쥘 수 있었다.

혹자에게는 필자의 인생사가 대수롭지 않은 일이라 받아질 수 있다. 그러나, 필자 자신에게 있어서는 매우 뜻 깊었던 일이라 생각된다.

실패를 두려워하지 말라. 계속해서 달리다 보면 운명은 기적 같은 행운을 당신에게 선사할 것이다.

포기하지 말고 항상 노력해라. 그러면 그 노력에 대한 결실을 맛보게 될 것이다.

5) 실패는 도약의 밑거름이 된다

　인생의 3대 불행 중 하나로, 초년출세(初年出世)라는 말이 있다. 즉, 이것은 젊었을 때의 지나친 성공이 오만과 방심으로 이어져 어려움에 대처하는 능력을 잃게 됨을 경계해야 한다고 가르침이다.

　필자의 일본 유학 생활은 가정의 경제적 상황이 좋지 못한 관계로 공부에 필요한 제정적 지원을 받지 못하는 상태였다. 그러나 운이 좋아서 2년간은 문부성 장학금과 일본학생지원기금 장학금을 통해 학업을 간신히 유지해 갈 수 있었다. 그러나, 3년 차에는 운이 없었는지 장학금 취득에 실패하였다.

그 당시 일본 물가는 한국에 비해 1.3~1.5배 정도 높았으며, 실질 체감 물가는 2배 정도 되었다. 이런 상황 속에서 공부를 이어 가기 위해서는 자금 조달이 매우 중요한 사항이었으나 이를 마련하기 위한 재원이 끊어진 상태가 되었기에 또 한번의 좌절을 겪게 되었다.

학문은 가진 자를 위해 존재하고, 가진 자만이 그 기쁨을 누린다는 우스갯소리가 실로 체감되기 시작했다.

주말 아르바이트를 종일 하면 가능할지, 아니면 밤에 유흥업소에서 웨이터로 일하면서 재원을 마련해 볼지 여러모로 계산을 해 보았으나 그것으로는 불가능하였다. 부채의 발행만이 유일한 해결책이었다. 그래서 부채 발행을 위해 은행 대출을 알아보았으나, 소득이 없는 학생이라는 신분의 한계로 인해 유학에 필요한 만큼의 넉넉한 재원을 마련할 수는 없었다.

이제 곧 종착점에 다가서는 상황인데, 여기서 포기하고 싶지 않았다. 어떻게든 버티려고 발버둥 쳤으나, 상황은 점점 나에게 불리하게 돌아갔다. 지금 어떤 결정을 내리는지에 따라 나의 인생은 180도 바뀌게 될 것이라는 불안감이 엄습하였고, 한동안은 아무것도 할 수 없었다.

지금까지 쌓아온 공든 탑이 무너진다는 마음에 하루하루가 우울하였다. 우울감이 극에 달했을 때에는 은둔형 외톨이인 히키코모리가 되어 집밖으로 아예 나가지 않는 날들도 많았다.

여러 날의 은둔형 외톨이 생활을 보낸 후, 집에만 처박혀 있는 나 자신이 너무 싫어 무작정 밖으로 나왔다.

여기저기 돌아다니다 보면, 기분이 좋아지고 뭔가 변화도 생길 것이라는 기대감에 아무런 목적지 없이 무작정 밖으로 나왔다. 그리고 여기저기를 배회하는 떠돌이 길고양이처럼 조용히 거리를 거닐었다. 무조건 사람이 많고, 활기차고, 시끄러운 곳을 아무런 생각 없이 돌아다니고 싶었다. 이런저런 삶의 소음을 들으며 머릿속에 남아 있는 안 좋은 생각들을 밀어내고 싶을 따름이었다.

시부야와 하라주쿠를 돌고 요요기를 배회하다 집으로 돌아갔다. 집을 향해 돌아가고 있을 때에는 어느정도 기분전환이 되었는지, 안 좋았던 기분은 전과 다르게 많이 가라앉아 있었다. 그리고 아직 우울감은 여전히 남아 있었지만 마음은 한결 가벼워졌다.

집에 돌아온 후에는 그 당시 일본 TV의 예능 프로그램에서 보았던 "청소의 힘"이라는 방송과 같이 새롭게 시작한다는 의미로 방 청소를 시작했다.

더러워진 방을 청소하면서 점차 주변이 정리될수록 뭔가 비워진다는 느낌이 들었다. 계속해서 나를 억누르고 있는 것 같은 우울감도 함께 비워지는 것 같았다. 그리고 머릿속 또한 아주 맑아지는 기분이 들었다.

청소를 마친 후, 모처럼 깨끗한 환경에서 오랜만에 녹차를 한잔 마셨다. 마음속이 많이 후련해진 것 같았다.

"그래 공부로 뜻한 바를 이루지 못했어도 세상이 멸망하거나, 내 삶 전체가 망가진 건 아니잖아. 새로운 길을 찾아보자"라고 마음먹었고, 다시 새로운 도전을 시작하게 되었다.

이렇게 나의 일본 유학 생활 3년은 성공이 아닌 실패로 마무리되었다. 필자에게는 가슴 아픈 추억으로 남아 있지만, 꼭 잃은 것만 있는 것은 아니었다. 그 덕분에 다채로운 경험을 해 보지 않았던가…

만약, 그때 유학 생활이 성공하였다면, 필자는 지금 노력만 하면 어떠한 실패도 없다는 것을 내용으로 책을 쓰고 있었을 것이다. 그러나 실패가 있었기 때문에 실패를 도약의 밑거름으로 활용하라는 내용을 기술하고 있다.

이때에 느꼈던 좌절과 슬픔의 감정, 그리고 실패가 느끼게 해 준 교훈은 무엇보다도 값지다. 이 경험은 어떠한 고통속에서도 내가 버틸 수 있는 동기를 부여해 주었고, 앞으로 계획을 밀고 나갈 수 있는 추진력을 제공해 주었다.

해가 떠오르는 시각은 동지를 기점으로 매일 1~2분 단위로 빨라진다. 그리고 하지부터는 동일 시차로 늦어진다. 이렇듯 모든 일은 좋을 때도 있고 나쁠 때도 있다.

좋은 일과 나쁜 일이 일정한 패턴을 그리며 순환하듯 우리의 인생도 때에 따라 희비가 엇갈릴 것이다. 현재 당신의 처지가 어렵다고 비관하여 낙담하지 말고 희망의 씨앗을 뿌려라. 그리고 묵묵히 버텨라. 그러면 반드시 당신에게도 좋은 일이 생길 것이다.

6) 포기하지 않는 습관을 가져라

많은 성공한 사람들이 공통적으로 하는 말은 "지옥을 경험해 보았습니다. 그때 포기하지 않아서 지금의 성과를 이룬 것 같아요."이다.

이 말을 통해 성공한 사람들 대다수가 한결같이 시련을 경험해 보았고 끝까지 버티었다는 것을 알 수 있다.

포기하지 않는 사람들에게는 4가지 공통점이 있다. 첫 번째 명확한 목표를 가지고 있다는 것이다.

목표는 시련의 시기, 나아가는 방향을 제시하는 나침반 역할을 하기 때문에 매우 중요하다.

그리고, 두 번째로는 실패를 두려워하지 않는다는 점

이다.

세상에 실패를 두려워하지 않을 사람이 어디있겠는가? 다만 두려워해도 외부로 드러내지 않는다는 점이다.

세 번째 공통점은 자기관리를 소홀히 하지 않고 항상 긍정적 분위기를 만든다는 것이다.

몸과 마음의 건강을 확보해야 시련의 시기에 그 위기를 헤쳐 나갈 힘이 생긴다. 따라서 이들은 항상 자기관리와 밝은 분위기를 만들려고 노력한다.

마지막 네 번째는 가장 중요한 공통점으로 자기 신념을 끝까지 고수한다는 점이다.

이들은 남들이 뭐라해도 스스로의 길을 믿고 끝까지 밀고 나간다. 그리고 자신의 길이 옳았음을 성공으로 증명한다.

현대 그룹의 창업자 고 정주영 회장의 명언 중 가장 가슴에 와닿는 말이 있다. "시련은 있어도, 실패는 없다"

이 얼마나 멋진 말인가! 나는 고 정주영 회장님의 말에 항상 감동받는다. 성공은 이처럼 시련을 넘어 끝까지 버티는 자가 차지하는 것이다.

포기하고 싶다면 다시 한번 나의 변화를 이끌어 낸 동기를 떠올리고, 목표를 되새기며, 시련을 버텨 보자. 버티다 보면 그 행동은 습관이 되며 반드시 좋은 결과를 이끌어 낼 것이다.

독일 출신의 세계적인 동기부여 전문가이자 경영 컨설턴트인 보도섀퍼는 '멘탈의 연금술'이라는 저서에서 성공을 방해하는 세가지 장애요소로 "포기의 유혹"과 "두려움" 그리고 "크고 작은 문제의 연속적 발생"을 이야기하였다.

우리는 기대만큼의 성과가 나타나지 않을 때 두려움을 느끼고 현상황에 대해 실망한다. 그리고 포기하고 싶다는 강렬한 유혹에 시달린다. 이때에 포기의 유혹에 빠지면 모든 과정은 제로 베이스(Zero base)에 놓이게 된다. 항상 목표를 달성하고 성공하는 것은 언제나 포기하지 않은 사람만이 가질 수 있었다는 것을 끊임없이 상기해야 할 것이다.

무슨 일이든 포기하지 말자, 그리고 포기하지 않는 마인드를 습관화할 수 있도록 최선을 다하자. 그리고, 보도 섀퍼의 말처럼 두려움을 능동적으로 활용하여 성장의 에너지로 만들어 보자. 그러면 당신의 인생의 그래프는 분명히 우상향 곡선을 그리고 있을 것이다.

"절대, 절대, 절대 포기하지 말자." "나는 할 수 있다." "나는 해낸다." "나에게는 저력이 있다." "나에게는 오직 전진뿐이다."

이런 신념을 지니는 습관이 당신의 목표를 전진시킨다.

5

처음을 견디면 다음은 쉽다

"너의 길을 걸어가라. 사람들이 뭐라하든 내버려둬라."
[알리기에리 단테]

1) 별 볼 일 있는지, 없는지는 시작해 봐야 안다

우리는 항상 무슨 일을 시작할 때가 되면 실패를 먼저 생각한다. 아직 시작도 해 보지 않았는데 스스로가 포기하는 것을 선택하기도 한다.

고 정주영 회장은 어떤 사업을 계획하고 사업의 시작을 결정지을 때, 비관적인 의견을 제시하는 직원들에게 "당신, 해 봤어?"라는 질문을 많이 하였다고 한다.

결과가 참인지 거짓인지는 실천을 통해서만 확인할 수 있다는 것을 강조한 대목이다.

모두에게 시작은 어렵다. 출발선에 섰을 때의 중압감은 이루 말할 수 없을 것이다. 처음 운전면허를 따고 시내주행을 혼자 시작했을 때의 느낌을 상기해 보자. 사고에 대한 불안과 두려움으로 등줄기에는 식은 땀이 철철 흐르던 초보 시절을 말이다.

초보 시절에는 필자 역시 운전은 즐거움이 아닌 공포와 두려움의 대상이었다.

그러나 시간이 흘러 오랜 기간 운전을 하였고, 소소한 교통사고도 몇 번 경험해 본 후에는 이러한 경험들이 쌓인 덕분인지 초보 운전자였을 때에 느꼈던 두려움은 모두 사라졌으며 운전은 재미난 일상 생활이 되었다.

이렇듯 처음은 항상 어렵지만 그 이후에는 언제나 쉽다.

실패를 두려워하지 않아야 발전이 있다. 그러니 시작도 해 보지 않고 스스로가 만들어 낸 상상 속에 자신을 가두는 어리석은 행동을 하지 않길 바란다.

필자가 C사에서 근무하던 시절, 유산균 제품이 시장에서 큰 유행을 하고 있었다. 그 수요는 가히 폭발적이었으나 필자가 근무하던 회사인 C사에서는 유산균 제품의 개발을 유행이 정점에 도달했을 즈음에 시작하였다.

회사에서는 장기간의 우여곡절을 거쳐 마침내 유산균 제품을 개발하였으나, 개발 단계가 너무 늦어 유산균 제품의 매출 이익은 거의 나타나지 않았다.

　C사의 유산균 제품 개발이 늦어 매출 이익을 얻을 수 없었던 이유는 당시 연구소장이 유산균의 균주 관리가 어려움이 있으니 제품 개발을 검토 단계서부터 미뤄 온 결과였다. 이로 인해 C사는 매출 성장이 지연되는 아픔을 겪게 되었다.

　위의 에피소드에서 알 수 있듯이 일에 대한 결과는 알기 어렵다. 이것은 신의 영역이다. 다만 우리는 하루하루 우리에게 주어진 사명을 다해야 할 뿐이다.

　시작을 두려워하지 말고, 될 수 있도록 최선의 노력을 다한다면 반드시 좋은 결과가 있을 것이다.

2) 현상 유지는 쉽지 않다

우리는 살아오면서 "할 수 있다"라는 말을 귀가 따가울 정도로 많이 들었다. 너무 일상에서 수없이 통용되는 단어라 혹자에게는 감응조차도 일어나지 않을 수도 있다.

왜 우리는 이 단어가 아무런 도움이 되지 않는다고 생각할까? 필자는 그 이유를 자기관리의 어려움 때문이라고 생각한다.

우리는 일반적으로 새해에 저마다의 목표를 정하고 계획을 세운다. 건강과 바디 핏(Body fit)에 관심이 있는 사람은 헬스 트레이닝을 통해 소위 말하는 몸짱 되기 프로젝트를 야심 차게 시작한다. 그러나 시간이 지나면서 어제의 굳은 결심은 퇴색되기 시작하고, 이런저런 구실을 들어 한 번, 두 번, 헬스장을 빠지게 되면서 결국에는 없던 일로 해 버리는 '작심삼일' 프로젝트로 끝나 버리는 경우가 허다하다.

시작도 어렵지만, 꾸준히 계획을 유지하는 것은 더욱 어렵다.

계획유지가 어려운 이유는 계획과 현실은 처음의 예상과 다른 경우가 많고, 돌발상황에 대한 대처가 어려울 수도 있기 때문이다.

이때 감정을 잘 조절하지 못하고 유연하게 계획을 수정하지 못하는 경우에는 십중팔구 포기를 하게 된다. 따라서 계획과 같이 현상을 유지하기 위해서는 많은 노력이 필요하다.

여기 손쉬운 방법으로 계획을 달성하는 데 도움을 주는 기법이 있어 그 내용을 소개하고자 한다. 그 방법은 '넛지효과(Nudge effect)'를 이용하는 것이다.

'넛지효과'는 미국의 행동 경제학자인 리처드 탈러 시

카고 대학교 교수가 제시한 이론이다.

넛지효과는 강제적으로 특정 행동을 강요하는 것이 아닌 자율적인 참여를 유도하는 것을 모티브로 한다.

강요적인 행위는 목적과는 다른 반대 작용을 일으키는 것에 비해, 자율적인 행위를 통한 무의식적 선택이 이루어지는 경우에는 언제나 그 효과가 좋았다고 한다.

자발적 참여 효과의 우수성에 대한 예로는 남성 공중화장실의 파리 그림을 들 수 있다.

변기 밖으로 흘리는 소변량을 줄이기 위해 "소변을 흘리지 마시오"라고 메시지를 붙여 참여를 강요하면, 사람들이 오히려 이를 잘 지키지 않았다는 것이다.

그러나, 변기에 파리 그림을 그려 넣었더니 소변을 흘리지 말라고 말하지도 않았는데도 변기 밖으로 소변을 흘리는 양이 80%로 줄어들었다고 한다.

자발적인 행위의 유발은 우리의 뇌가 무의식적으로 선택하는 사항이기에 결정에 필요한 에너지의 사용이 적으며, 자연스럽게 행위의 지속성을 유지시켜 준다고 한다.

위에 제시된 넛지효과를 이용한 방법을 통해 계획준수의 효과를 얻으려면, 우선 우리에게는 무의식적으로 행위를 반복하기 위한 생활 패턴의 단순화가 필요하다. 이를 통해 자연스러운 시작을 유도하고 단순반복에 의한 습관화를 이끌어 내야 한다.

그리고, 꾸준한 행동을 유지하기 위해, 자신과의 약속을 지켰을 때에 대한 스스로의 보상체계와 지키지 않았을 때의 처벌 체계를 만들어 준다면 효과적일 것이다.

그리고, 마지막으로 꼭 체크해야 하는 사항은 지금의 행위가 계획대로 진행되고 있는가에 대한 피드백을 잊어서는 안 될 것이다.

성공한 사람들은 불필요한 에너지 소비를 막기 위해 모두들 자신의 주변 환경을 최소화하였다. 그리고 그들이 정한 루틴을 고집스럽게 준수하였다는 것을 명심하기 바란다.

한때는 글로벌 회사로 그 위세를 뽐내었으나 변화의 트랜드를 인지하지 못하고 기존의 시장만을 고수하다 도태된 기업들을 우리는 수없이 많이 봐왔다.

그 대표적인 예로는 미국의 코닥과 일본의 미놀타의 사례를 들 수 있다.

코닥의 경우, 주력 사업이었던 필름 사업의 시장 고수를 위해 자신들이 개발한 신기술인 디지털 카메라 기술을 사장시켰으며, 그로 인해 결국은 회사가 파산하게 되었다. 그리고 일본의 미놀타의 경우도 호경기 시기에 카메라 사업이 대성하여 세계적인 일본의 카메라 회사로 성장하였으나, 뒤늦게 디지털 카메라와 사무기기 등으로 사업의 확장을 도모하여 기술의 흐름을 따라잡지 못해 시장에서의 영향력을 잃었다.

위 두 회사의 사례에서 알 수 있듯이 변화를 받아들이지 못하면 생존이 불가능한 시대를 우리는 살아가고 있다. 현재 과학업계에 몸을 담고 있는 필자 역시, 계속 변모하고 있는 기술을 따라가기 벅차다는 느낌이 들 정도이다.

연구소에 근무하는 직원들은 크게 세 가지 부류로 나뉜다. 그들의 특징은 다음과 같은데, 첫 번째는 항상 노력하고 새로운 시험과제에 호기심을 갖는 '적극적인 직원', 두 번째는 기존 수행 이력이 있는 시험만을 맡으려는 '수동적인 직원', 세 번째는 기존 수행 시험도 간신히 완료하는 '무능한 직원'이다.

여기서 끊임없이 변화를 추구하고 노력을 게을리하지 않은 '적극적인 직원'만이 성장하여 급여 인상과 승진의 영예를 안았으나, 수동적 직원과 무능한 직원은 어느 날 갑자기 소리 소문도 없이 회사에서 사라졌다.

따라서 생존하기 위해서는 무조건 끊임없는 변화의 노력을 게을리해서는 안 된다.

라이트 형제가 1903년 12월 17일 미국의 노스케롤라이나주 키티호크에서 처음으로 동력 비행을 성공한 이래, 11년 후인 1914년의 제1차 세계대전에서는 독일과 영국군을 합하여 약 500대의 전투기가 생산되었다. 그 당시 기술과 생산 능력을 감안하여 생각한다면 그것은 실로 엄청난 사건이다. 이 이야기에서 알 수 있듯이, 세상의 변화는 언제나 빠르다.

급변화하는 세상에서 순간의 망설임으로 변화의 시기를 놓치게 되면 그 대가는 언제나 혹독하다.

우리 모두 경험해 보지 않았는가? 우리가 현실을 기피할수록 나중에 그것을 회복하기 위한 노력은 2배 이상의 에너지를 소비한다는 것을…

지금이라도 늦지 않았다. 늦었다고 생각할수록 더욱 빠르다고 하였으니 간절한 마음을 가지고 스스로를 변화시켜 꼭 성공의 반열에 우뚝 서 있기를 모두에게 기원한다.

4) 분위기에 휩쓸리지 말자

심리학 용어 중에 동조현상(Conformity)이라는 용어가 있다. 동조 현상은 개인이 집단의 규범, 다른 사람의 행동, 신념, 의견에 맞춰 자신의 생각이나 행동을 변화시키는 행위에 대한 심리학 용어이다.

동조현상에 대한 가장 대표적인 예로는 미국의 유명한 심리학자 솔로몬 애쉬의 실험이 있는데 그는 이 실험을 통해 개인의 판단과 행동이 집단에 의해 변화된다는 것을 증명하였다.

실험의 설계는 다음과 같다. 시험 대상자는 총 9명으로 구성되었고, 모든 시험 대상자에게 A와 B 두 장의 카드에 그어져 있는 선을 보여 준 후, A카드와 동일한 길이의 선을 고르라고 하였다(그림-1. 솔로몬 애쉬의 선분실험에서 사용된 자극 참조).

이때 9명의 시험대상자 중 8명에게는 정답인 (3)번 대신, 거짓된 답안인 (2)번의 카드를 선택하라고 말을 맞췄고 나머지 1명(6번 시험대상자)에게만 자유 선택권을 주었다.

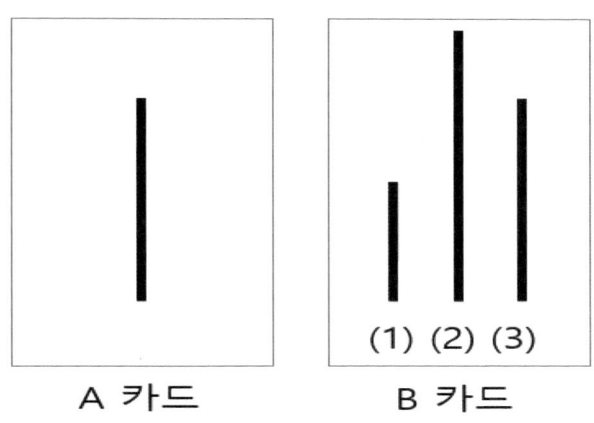

그림-1. 솔로몬 애쉬의 선분실험에서 사용된 자극

그 시험의 결과는 어땠을까? 당신은 진짜 시험 대상자인 6번 시험 대상자가 정답인 (3)번을 선택하였을 것이라 생각하였을 것이다.

　그러나, 안타깝게도 자유 선택권이 있는 6번 시험 대상자도 다른 시험대상자 8명이 모두 (2)번을 답으로 선택하자, 고개를 갸우뚱하더니 (2)번을 답으로 선택하였다.

　6번 시험 대상자는 자신의 이성적 판단보다는 남들이 모두 옳다고 하니, 자신만 틀린 답을 이야기하는 것이 두려워 남들과 동일한 답변을 하게 된 것이다.

　이와 같이 우리의 행위는 자신의 이성적 판단보다는 다수가 정해 놓은 정의와 규범에 휩쓸려 움직이기 쉽다.

　우리는 살아오면서 위와 같은 상황들을 많이 접해 보았을 것이다.

　한때 비트 코인 투자의 광풍이 불고 있었을 때, 지금 비트 코인을 사지 않으면 벼락 거지가 되는 줄 알고 이성적인 생각과 분석도 없이 비트 코인을 구매하던 사람들을 우리는 수없이 많이 보았다.

지금 그들은 모두 벼락 부자가 되었는가? 그것이 아니라는 것은 우리 모두가 안다. 오직 일부의 사람들만 큰 수익을 얻었다는 것을…

이처럼 우리는 매우 불완전한 존재이다.

분위기에 휩쓸리지 않기 위해서는 무엇보다 좋은 지식과 정보를 받아들여야 한다.

인터넷을 통한 검증 안된 정보에 솔깃하지 말고 오랜 기간 동안 그 지식이 검증된 고전서를 위주로 올바른 지식을 축적하여, 보다 이성적인 판단을 할 수 있도록 자신을 무장하여야 한다.

그래야 자신의 목표를 향한 커다란 발걸음을 끝까지 유지할 수 있다.

차라리 위와 같은 동조 현상을 긍정적 수단으로 활용하면 어떨까? 자기가 일하고 있는 사업장에 활용하여 모두의 생산성을 높이게 하는 방법으로 사용한다면 큰 효과를 거둘 수 있을 것이다.

5) 평범함을 넘어서라

우리에게 어떤 삶을 살고 싶은지를 물어보면 사람들은 대체로 "평균 이상의 소득을 벌고, 경제적으로 어느정도 여유로운 평범한 삶을 원한다"라고 대답한다.

그러나, 평균 소득의 평범한 삶을 목표로 삼고 인생을 살아간다면, 현상 유지도 어렵다는 것을 명심하여야 한다.

만약, 평균 소득이 달성되고 "나는 이만큼 해냈으니까 이제는 여유롭게 사는 것이 가능하겠지" 마음을 놓는 순간, 그 사람의 인생은 퇴보의 길을 걸으며, 인생 성장의 그래프는 우상향 곡선이 아닌 우하향 곡선을 그리게 될 것이다.

시간이 갈수록 높아지는 물가와 경제 침체, 그리고 과학과 기술의 발달이 당신을 쉴 수 있도록 내버려두지 않을 것이다.

하루가 지나면 바뀌어 가는 세상에서 평범하게 산다는 건 사치이다. 아니, 자신의 인생에 대한 업무 태만이다.

우리는 미래를 위해 끊임없는 학습과 노력을 기울여야 하고 이를 효율적을 활용할 수 있는 지혜 또한 연마해야 한다.

필자의 동료 중에도 업무를 수행하는데 있어, "이 정도면 됐지, 이 이상 더할 필요는 없어", "완벽하다고 누군가 나에게 상을 주는 것은 아니잖아"라며 자신이 알고 있는 평범한 기준에 맞춰 과제를 마치는 사람을 수없이 보아왔다.

그러나, 그들은 운이 없게도 자신이 추구하던 평범한 기준 덕분에 회사를 떠나 지금은 한가로운 시간을 보내고 있다.

평범함은 단어가 가진 긍정적인 이미지와는 달리, 나

태와 태만, 포기 등 여러 가지 숨겨진 부정적 요소가 들어 있다는 것을 잊지 말아야 한다.

"남들이 이만큼 하니까, 나도 이만큼만 해야지"라는 발상은 매우 위험한 발상이다. 반드시 성공이라는 단어를 목표로 삼고 도전하여야 한다. 그래야 지나온 삶에 대한 후회도 없다.

평범함은 기업의 흑자도산과 같다. 당장은 성과가 나오고 성장하고 있다는 착각을 불러일으키나, 결과적으로는 스스로를 파괴시킨다.

따라서 우리는 항상 평범함이라는 단어의 양면성을 항상 경계하여야 한다.

평범함을 넘어서려는 끊임없는 도전만이 우리의 삶을 풍요롭게 해 줄 것이다.

우리는 생활 속에서 여러 회사의 브랜드를 접하고 있으며, 수없이 많은 이름의 제품 브랜드들에 둘러싸여 살고 있다.

즉, 우리의 삶은 브랜드와는 절대 떨어질 수 없는 친밀한 관계를 유지하고 있다.

여기서 우리는, 왜? 기업들은 여러가지 브랜드를 만들어서 제품을 판매하고 있는가를 주시할 필요가 있다.

브랜드화는 제품의 인지도, 신뢰 향상과 광고 비용 및 마케팅 비용 절감, 고객 충성도 강화 등을 용이하게 해주는 여러 가지 이점을 가지고 있기 때문이다.

따라서 우리는 자기 자신을 브랜드화하여 경쟁자 보다 뛰어난 경쟁력을 확보할 필요가 있다.

자신이 자신을 브랜드화하여 타인보다 우수한 경쟁력을 확보한다는 것을 생각해 보라. 이 얼마나 멋진 일인지 상상하는 것만으로도 흥분되는 일이다.

자신을 브랜드화 시키는 것은 어렵게 느껴질 수도 있다. 그러나 단순히 생각해 보면 자신의 강점만을 파악해 본다 하여도 가능한 일이다. 브랜드화는 꼭 광고나 마케팅 전문가들만의 영역이 아니라는 것을 알 수 있을 것이다.

필자의 경우에도 과거 이력서상에 나 자신을 브랜드화 하여 어필할 수 있는 특장점을 갖고 있지 못하였다.

두드러지게 내세울 만한 특장점이 없으니, 사내 경쟁 및 구직의 인력 시장에서도 우위를 차지하는 것은 매우 어려운 일이었다.

그러나, 이것을 만회할 계기는 매우 우연찮게 다가왔다. 이전에 G라는 회사의 사업개발부에서 근무할 때의 일이었다. 그 당시 G사는 향후 회사의 먹거리로 의약품

품질분석 사업을 진행하려고 준비 중에 있었다.

해당 업무는 의약품의 품질에 관한 분석을 주된 사업 영역으로 하기 때문에 의약품에 관해 학습해야 할 사항이 많았고, 인허가 및 유지관리에 관련한 법령 내용도 많아 모든 사람들이 이 업무를 떠맡는 것을 기피하고 있었다.

필자 역시 해당 업무가 너무 복잡하고, 어렵기 때문에 맡기 싫은 상황이었으나, 회사의 지시에 따라 어쩔 수 없이 업무를 부여받게 되었다.

업무를 시작하고 처음 6개월은 고난의 연속이었다. 약사법과 식품·의약품 검사 기관의 관련 법령을 숙지해야 했으며, 여러 성분의 의약품에 대한 시험법과 분석 기기에 대한 공부를 끊임없이 진행해야 했다.

평일 낮에는 업무에 치이고, 퇴근 후 밤과 주말에는 관련 법규 및 시험법 등에 대한 공부를 진행해야 했기 때문에 육체적으로, 심적으로 많이 지쳐 가고 있는 상황이었다. 그러나, 이 상황을 회피할 수 없었기에 고난의 행군은 계속 진행되고 있었다.

하루는 여느 때와 같이 공부를 하고 잠시 쉬고 있는 중이었다. 그런데 갑자기 이런 생각이 들었다. 이 업무는 난이도가 높기 때문에 모두가 기피하니, 이것을 통해 나 자신을 전문화하면 남들보다 우위 경쟁력을 확보할 수 있겠다는 생각이 들었다.

이것을 깨달은 이후부터는 나 자신을 철저히 브랜드화하려고 노력했다. 그리고 남들이 이 업무에 관한 사항을 묻는다면, "의약품품질 분석 사업 관련해서는 저 사람이 가장 전문가야"라는 소리를 듣기 위해 모든 노력을 다하였다.

그렇게 1년의 노력을 기울인 후에, 필자는 의약품 품질 분석 분야의 전문가로 대우받게 되었고, 결국에는 연구소에서 정상의 위치인 운영 책임자라는 타이틀을 가질 수 있었다.

필자는 누구나 "할 수 있다"는 긍정적인 마음을 가지고 노력한다면 언제나 자신이 이루고자 하는 바를 이룰 수 있다고 생각한다.

현재의 상황이 잠시 좋지 않더라도 낙담하지 말자, 자신의 일에 최선을 다하는 상황 속에 언제나 기회는 찾아오기 때문이다.

6

무조건 버텨라

"성공은 넘어지는 것의 횟수가 아니라,
다시 일어서는 횟수에 달려 있다."
[윌리엄 셰익스피어]

괴테의 명언 중에 "꿈을 간직하고 있으면 반드시 실현할 때가 온다"는 명언이 있다. 그리고, 윈스턴 처칠의 명언 중에는 "지옥을 통과하는 중이라면, 멈추지 말고 계속 가라"는 말이 있다.

수많은 위대한 사람들 역시 우리와 같이 수많은 위기의 상황을 겪었으며 그때마다 인내와 노력을 통해 그것을 극복해 왔다.

우리는 위기의 순간마다 "남들은 내가 처한 현실을 모를 거야, 내가 얼마나 큰 위기에 봉착해 있는지"를 외치며 남들이 자기를 불쌍히 여겨 도와주기를 바라며, 이를 통해 자기 자신을 위로한다.

그러나, 이것은 현실의 회피이지 아무런 도움이 되지 않으며, 어떠한 해결책을 제시해 주지 않는다.

위기의 상황은 언제나 스스로가 해결해야 하기 때문이다.

보도 셰퍼의 "맨탈의 연금술사"라는 저서에는 미국의 70세의 할머니가 뉴욕에서 마이애미까지 2,000km를 걸어간 사연이 있다. 그는 이 에피소드에서 포기하지 않고 꾸준히 버티고 노력하면 반드시 목표를 이룰 수 있다는 것을 강조하였다.

70세 할머니가 뉴욕에서 마이애미까지 2,000km 횡단을 성공적으로 마치자, 기자들은 이 할머니에게 그 비결을 물었다. 그러자 그 할머니는 "나는 한 걸음, 한 걸음씩 걸었다"라고 대답하였다. 한 걸음의 반복된 행위가 2,000km의 위대한 여정을 이루어 낸 것이다.

이 할머니의 이야기는 작은 노력을 얼마나 꾸준히 하는 것이 얼마나 위대한 결과를 가져올 수 있는가를 보여 주는 좋은 사례이다.

큰 목표를 이루기 위한 거창한 계획보다는 작은 행동을 매일 한결같이 꾸준히 실천하는 것이 더욱 중요하다.

'물 한 방울이 바위를 뚫는다'는 속담이 있다. 현재 당신은 어려운 처지에 있는가? 그렇다면 포기하지 말고 버텨라. 그러면 고군분투(孤軍奮鬪)하는 그 과정 속에서 참된 지혜의 경험이 쌓일 것이고, 이것은 당신의 문제를 해결해 줄 것이다.

유튜브에서 현실자각 없이 대기업 퇴사 후 6년간의 방황 끝에 9급 공무원에 도전하고 있는 30대의 청년의 인터뷰를 보았다.

그 청년은 그 당시 자신이 실력이 출중하여 대기업에 다니고 있다고 착각한 나머지 회사를 쉽게 퇴사하였고, 워킹홀리데이(Working holiday) 및 해외 이민을 시도하다 뜻대로 일이 잘 되지 않자 포기하고 다시 한국에 돌아왔다고 하였다.

그는 귀국 후, 나이가 들어 딱히 일할 수 있는 직장을 구하기 어려워지자, 자신은 실력이 출중하니 9급 공무원이나 되어 보자는 심정으로 공무원 시험에 도전하였다고 하였다.

그러나, 생각과 달리 시험은 어려웠고 결과는 계속 불합격이었다. 그러자 삶에 대한 희망도 용기도 잃게 되었으며 방 안에 틀어박힌 생활만 하다가 자신의 처지와 비슷한 사람이 재기를 위해 몸부림치는 유튜브 영상을 보고, 다시 용기를 내어 세상 밖으로 나오게 되었다고 하였다.

이 청년의 경우, 자신에 대한 자각과 구체적인 목표, 계획도 없이 현실 도피라는 쉬운 선택지를 선택하였다. 그 선택 덕분에 그는 6년에 걸친 인생의 허비와 공무원 장수생이라는 치욕적인 타이틀을 거머쥐게 되었다.

이것은 결코 남의 이야기가 아니다. 당신과 나의 이야기가 될 수도 있다. 우리는 언제나 포기와 휴식이라는 달콤한 유혹에 둘러싸여 살아가고 있다. 한 번의 방심이 지금까지, 쌓아 온 모든 것을 물거품으로 만들 수 있다.

절대 포기하지 마라. 자신의 궤도를 지켜라. 포기의 욕

구를 피할 수 없을 땐, 마인드를 강화시켜 줄 수 있는 영화나 드라마, 동기부여 영상 등을 보면서 수시로 자기 자신을 자극하라.

좋은 철이 수백 번의 담금질과 망치질로 탄생하듯이 자기 자신에 대한 인내와 끊임없는 노력 뒤에는 반드시 성공이라는 영광이 함께할 것이다.

참고 버티면 지금의 현실을 타파할 기회가 꼭 올 것이다. 그러니, 쉽게 포기 말고 자신의 목표를 향한 발걸음을 멈추지 말기 바란다.

2) 실천이 가장 중요하다

사람이 타인에게 가장 빨리 신뢰를 얻는 방법은 말보다 행동으로 보여 주는 것이다.

거창한 꿈과 계획을 가지고 있다고 하더라도 그것을 실천하지 않으면 이루어지지 않는다. 그것은 단지 하나의 상상에 지나지 않는다.

비관주의자들은 언제나 행동하지 않고 자신의 계획은 실패할 것이라고 가정하는데 골몰한다. 그러나 긍정적인 사람들은 자신의 하루 계획을 실천해 나가면서 자신의 꿈을 서서히 이루어 나간다.

앞서 기술한 내용과 같이 우리의 뇌는 변화를 매우 싫

어한다. 뇌의 입장에서는 변화는 생존을 위협받는 신호로 받아들인다고 한다. 따라서 변화가 클수록 뇌의 저항은 격렬해진다고 한다.

쉽게 행동으로 실천하기 위해서는 아래와 같은 방법을 통하는 것도 좋을 것이다.

1. 즉시 시작한다: "다음에","나중에" 한다는 생각을 접고 바로 시작한다.
2. 목표를 단순화한다: 너무 거창한 목표는 부담을 주기 쉬우니 목표를 단순화하여 실천한다.
3. 시각화한다: 실천하고자 하는 목표를 잘 보이는 곳에 두어 항상 심적으로 자극한다.
4. 실패를 자산으로 여긴다: 실패를 두려워하지 말고 과정으로 여기며 잘못을 수정해 나간다.

위에 제시된 방법을 활용하면 행동이 습관으로 굳어져 바로바로 계획을 행동으로 실천하기 쉬어질 것이다.

필자의 고등학교 친구 중에는 말을 아주 유창하게 잘 하는 친구가 있었다. 그의 말에는 항상 유머와 위트가 있었고 내용과 구성력 역시 매우 뛰어났다.

신이 주신 언변 덕분에 그의 주변에는 항상 웃음이 끊이지 않았고, 함께 어울리고 싶어하는 사람들이 항상 많았다. 그러나 그 친구는 말만 앞서고 행동으로 자신을 증명하지 못해, 뛰어난 자신만의 특기를 살리지 못하고 주의 사람들과 멀어져 갔고, 결국에는 믿지 못할 사람이 되어 있었다.

필자는 자신의 재능을 살리지 못하고 단지 허풍쟁이로 살아가고 있는 그를 볼 때마다 그저 안타깝다는 마음이 든다.

재능을 잘만 활용하면 훌륭한 사업가로 대성할 수도 있었을 텐데, 참으로 아쉬운 일이다.

실력과 행운, 재능과 노력은 우리를 성공으로 인도하는 요소들이다. 그러나 이 모든 것들도 행동하지 않으면 만들어지지 않는다.

모든 시작과 끝은 행동에 의해 결정된다. 행동하지 않으면 결국 모든 것은 생각으로만 끝나게 된다.

행동은 처음에는 누구나 어설프지만, 반복 행동을 통해 점점 더 잘하게 되고, 자신의 일에 대한 열정도 생긴다. 그리고, 지치지 않고 꾸준히 행동하면 결국 원하는 결과를 얻을 수 있을 것이다.

만약 당신이 가치 있는 삶을 원한다면 즉시 행동을 통한 결과물을 만들어 내기 바란다. 당장의 성패를 떠나 계속해 작은 결과물들을 만들어 내다 보면 마지막에는 반드시 훌륭한 결과물을 만들어 낼 수 있을 것이다.

운 없는 사람들의 특기는 망설임이다

ⓒ 손종형, 2026

초판 1쇄 발행 2026년 3월 12일

지은이   손종형
펴낸이   이기봉
편집   좋은땅 편집팀
펴낸곳   도서출판 좋은땅
주소   서울특별시 마포구 양화로12길 26 지월드빌딩 (서교동 395-7)
전화   02)374-8616~7
팩스   02)374-8614
이메일   gworldbook@naver.com
홈페이지 www.g-world.co.kr

ISBN   979-11-388-5461-0 (03810)